ダーディケイド

門《かど》矢《や》士《つかさ》の世界 ～レンズの中の箱庭～

著：鐘弘亜樹

監修：井上敏樹

講談社キャラクター文庫 010

デザイン／出口竜也（竜プロ）

目次

プロローグ

線路に蝶《ちょう》が止まっていた。

白い羽に血管のような黒線が入った、不気味な蝶だった。

三十五度の猛暑。湿気を大量に含んだ重い空気が人の頭上まで沈殿し、水中でなくとも溺れ死にそうな日だった。

日差しは強く、熱された地面はゆらめいて見える。鉄でできた線路は肉が焼けるほどの高温に違いなかった。

蝶は羽をゆっくりと開閉している。黒い線が動き、呼吸しているように見える。

ホームからその様子を見ていた門矢《かどや》士《つかさ》は首にかけたマゼンタ色のポラロイドカメラで線路の上の蝶を撮った。

駅のアナウンスが鳴り、電車が近づいてくる。

ジーッという音と共にカメラから出てきた写真は、まだ一面まっ黒だ。その闇を眺めていると、士は眩暈《めまい》に襲われた。

遠近感が狂う。足元が遠くなり、代わりに蝶の羽ばたきが間近に見える。体から力が抜けよろける。

線路に落ちる寸前で立ち止まった。

電車が蝶を轢《ひ》いてホームに到着した。士は車内に入りすばやく自分の席を確保した。

「死んじゃえばよかったのにねえ」

士の隣に座った二人組の女は、事故を起こした知人についておもしろおかしく話していた。

「どうせ生きてても死んでるようなもんでしょ。友達も恋人もいないし、いっつも心ここにあらずって感じで……」

冷房の効いた車内は快適だった。

士は茶色に染めた短髪に手を入れて頭を掻《か》いた。こういうしぐさをすると彼は太い眉と大きな目のために、実年齢よりも幼く見える。

士は二十歳でカメラマンの端くれだった。

写真を撮るのはそう好きでもなかった。ただ、カメラのファインダーを覗《のぞ》くのが好きだった。

幼いころ、物置の奥に古いカメラを見つけてからというもの士はファインダーの中の四角い世界に魅了されている。

そこには悪口も騒音も苦痛もなく、すべてのものが遠くよそよそしい。士を傷つけることのない小さな別世界だった。

レンズ越しの歪《ゆが》んだ箱庭の中で豆つぶほどの人が一喜一憂するのは滑稽でおもしろかった。

同時に別世界の住人の喜びも悲しみも実感を伴って士に届くことはなく、レンズにぶつかって感情はただの記号になった。

高校二年の春に両親が仕事の都合上海外に移住し、一人暮らしをはじめて以来、士のそういった傾向はますます顕著になっていった。

自分のいる場所はどこなのか、自分はなにをしているのかわからなくなる時が多くなった。カップ麺の残骸を見て、朝自分がこれを食べていたところを想像すると信じられないような気がしてゾッとした。

そんなわけでカメラマンという職が士の天職というわけではなかった。

雑誌広告用のあやしげな写真を撮って小銭を稼ぎ、自分の写真集を出したいなどとは夢にも思わない。単調な日々だった。

しかしそれも数ヵ月前までのことだった。

冷たい雨が新緑を叩《たた》いていたあの日、たまたま迷いこんだ路地の奥に廃墟と化した写真館を見つけた。崩れかけた壁には光写真館《ひかりしゃしんかん》と書かれた看板が打ちつけられていた。怪物が出てもおかしくないような、鬱蒼《うっそう》とした写真館だった。

そこで士は究極の娯楽を手に入れた。

それは別世界への旅だった。荒れ果てた光写真館の中へ入っていくと、スタジオの中央に古いカメラがあった。

三脚に乗ったそれを覗いて士はぎょっとした。

ファインダーの中に見えたのはその先のスタジオではなく、広いカフェだった。

カフェには室外のテラス席が多くあり、石畳の上に白いプラスチック製のテーブルと椅子が所狭しと並べられている。そこで談笑する人々の様子が、カフェの屋根の赤色が、はっきりと見て取れる。

カメラから頭を離すとそこは無人の光写真館。しかし、ファインダーの中では青空の下で穏やかなティータイムが繰り広げられている。

士は一心不乱にカメラの映すものを見た。時間の流れも忘れてひたすらそれを眺め続けた。

ふと気がついたとき、カメラは消えていた。

その代わりレンズ越しに見ていたはずの風景が、いつの間にか士を取り囲んでいた。

ファインダーの中に存在していた、赤い屋根のカフェの一席に士は座っていたのだ。

士は驚きはしなかった。自分の身に起きたことがあまりに突拍子もなく、これは夢だと思ったのだった。

そしてカフェの一席に腰を下ろしたまま、どこからか漂う花の香りや鳥のさえずりを聞いているうちにこれは夢ではない、これまでの世界が夢だったのだ、この世界こそが本当の自分の世界なのだという思いに駆られた。

士は白いエプロンをつけた店員にアイスティーを注文した。

それから首にかかったままのポラロイドカメラで飛行機雲の流れる青空を一枚撮った。すぐに出てきた写真はまだ真っ黒でなにも見えない。

それをテーブルの上に置き、映像が浮かび上がってくるのを待つ。士が座っているテラス席は道路に面していたが車はほとんど通らず、反対側にある公園で遊ぶ子どもたちの姿が見える。

完璧な昼だった。いつも小さなことに神経を刺激され苛立《いらだ》ちと怠《だる》さの中で暮らしていた士にとって、これほど心地よい空間は初めてだった。

ようやく自分の世界を見つけた。そう思ってテーブルの上の写真に目を向けた。そこには奇妙な模様が浮かび上がっていた。

よく見ると赤く変色した空に、黒い飛行機雲が腸のようにうねっている。

実際の空とは似ても似つかない、恐ろしげな風景写真だ。これはなんだと焦る士の心に、なにかが呼びかけた。

——ここはおまえの世界ではない。

同時に隣席の客が立ちあがった。

それまで周りの人々に溶けこみ本を読んでいたその客は、見る間に人間の皮を破って醜い怪人の姿をあらわにした。

怪人が口から炎の塊を吐いてカフェの一角を破壊すると、たちまちパニックが起こった。美しかった景色は崩れ、悲鳴と焦げた匂いが充満する。

士は逃げようと数歩行きかけて、怪人に襲われかけている少女と目が合った。

怪人は少女にロックオンし、じりじりと距離をつめている。

士は足を止めた。逃げるか否か、究極の選択を迫られる。迷っている間に士を見る少女の目はどんどん恐怖の色が濃くなっていく。士の足は比例して重くなっていく。

人の生命が懸かったこの葛藤《かっとう》が頂点に達したとき、少女は言った。

「ディケイド！」

それがなにを意味する言葉なのか士にはわからなかった。

しかしディケイドという語を認識すると同時、体内でなにかが覚醒するのを感じた。

覚醒した強烈なパワーは士の体を覆い、超人的な力を持つ仮面ライダーディケイドへと変身せしめた。

士は圧倒的な強さで怪人を倒した。

強さというものに魅了される者は多い。士もまた、これまで手にしたことのないあふれるパワーに魅せられた。

他の人にはないパワーを持った士は強い自分でいられる。その強さとつまらない現実世界でない、本当の生きるべき世界を追い求め、士はさまざまな世界を旅するようになった。

光写真館のカメラを覗けば、そのたびに違う世界へ行ける。士は憂鬱《ゆううつ》な現実の日々から逃げて、これまでに六つの世界を旅している。

割れた窓、雨晒《あまざら》しになって黒い染みのできた壁、ひっくり返った撮影器具。床にはフレーム入りの写真が無数に散らばっている。静かに微笑んだ人々の顔がいっせいに天井を向いている。

光写真館は個人経営らしい小さなものだった。カビ臭い空気と置き去りにされたものたちが醸しだす圧迫感が満ちる中、士は一人佇《たたず》んでいる。

士の前には三脚がついたカメラがある。レンズ以外の部分は黒い布に覆われた、かなり古いものだ。

すべてが混沌《こんとん》と散乱した部屋の中で、そのカメラだけがまっすぐな脚を伸ばし立っている。士はカメラを覆う布を撫《な》でた。

ずっとファインダー越しの別世界を眺めて楽しんできた。しかしここにたどりついたとき、そんなのはまやかしだったことを知った。

このカメラを覗くと、本当の別世界へ行ける。ただ見ているだけではなく、実際に見知らぬ世界のものを触り存在することができる。

なによりも素晴らしいのは変身能力だった。別世界において士はディケイドという超人的な力を獲得し、異形の怪人を倒してきた。

自分の体がディケイドの硬い殻に覆われていく瞬間に、士はたまらない快感を覚える。他人にはない特別な能力は士の心にも影響を与えた。

別世界にいる間、士は元の自分を忘れられる。自信にあふれ、現実では考えたこともないような尊大な台詞を口にする。

いつも胸の隅に巣くっている虚しさやとりとめのない不安は遠いかなたに葬り去られる。士はすでに六つの別世界を廻《まわ》ったが、どれも現実よりよほど現実感があった。

士はカメラを覗いた。黒い布の中に頭を入れレンズ越しの世界を見る。

そこにあるのは廃れた写真館ではなく、立派な病院だ。

病院はみるみるうちに大きくなり迫りくる。士はいつの間にかその病院の前に立っているのだった。

電《デン》王《オウ》の世界

白黒の蝶が二匹、からみあうようにしてふわふわと空中を舞っている。互いに触れそうで触れない軽妙な動きがおもしろい。

日差しは厳しいもののカラッとした気候とたまに吹く風が心地よい、理想的な残暑だ。

士は光写真館の壁を見た。写真館は行く先々でその世界に合った姿に形を変える。いまはレンガ作りのノスタルジックな建物となっている。

元の荒廃した写真館の面影はなく、見事に街並みに溶けこんでいる。

「今回はお医者さんみたいですね」

隣の光夏海《ひかりなつみ》が明るい声で言った。

夏海はナース服を着て、腰まである長い栗色の髪をヘアネットに収めている。

普段は隠れているうなじが剝《む》きだしになって、健康的な清らかさに拍車をかけている。

別世界ではかならず現実と異なる役割を与えられる。警察官、サラリーマン、教師。占い師なんてときもあった。いま、士は白衣を身にまとっている。

「医者か。悪くない。しかし毎度のことながら自分にあきれてしまう。嫌味なほどなんでも着こなしてしまうからな。どうだ、知性の象徴の白衣にも全然衣装負けしてないだろう」

「まあ、悪くはないですけど……」

夏海はあいまいに笑った。笑うともともと丸い頰がさらに強調される。見ている者に安らかな気持ちを与える、愛らしい笑い方だ。

夏海は士が初めて渡った別世界で怪人に襲われかけていた少女だった。

目の前でディケイドに変身し圧倒的な強さで敵を倒した士を、彼女は救世主だと言った。

彼女は持ち前のお節介な性格から、この世界をより良いものにする救世主の力になりたいと、士と行動をともにするようになった。

士にとって夏海はあくまでも現実に不干渉な別世界の人物だ。行く先々の別世界で登場するレギュラーキャラクターとなってもそれは変わらない。

しかしディケイドという特殊な力を持った格好の良い別世界の士のみを知り、士を救世主だと慕う彼女の存在に悪い気はしない。

「わたしはどうですか？　変じゃありませんか？」

照れ隠しに乱れてもいない裾を指先で直しながら夏海は聞いた。

「ナツミカンはせいぜいお遊戯会か、いかがわしい店のコスプレだな」

士は夏海をナツミカンと呼ぶ。

夏海は夏蜜柑《なつみかん》さながらに頬を膨《ふく》らませた。

しかし今度はあの魅力的な笑みではない。突きだした右手の親指に殺気が籠《こも》っている。

しまった、士がそう思ったときにはもう遅かった。

「光家秘伝、笑いのツボ！」

士の首筋に夏海の親指が深く刺さる。

ツボを押すことで笑いが止まらなくなるという、苦しさと恥辱を与える恐ろしい技が発動した。

「ははは！　止《や》め、悪かっ……ははは！」

「なにが知性の象徴ですか！　笑い転げちゃって馬鹿みたい」

数分後、士が笑い終わると夏海は清々した様子で本題に入った。

「さて、早く病院に向かいましょう。病院の名前は……三《み》ツ葉《ば》大学病院ですね」

士の白衣と夏海のナース服にはそれぞれ同じバッジが胸についていた。

紺地に緑で三ツ葉の絵が描かれ、その下に病院の名前があった。

二人は周囲を見回す。きっちり一列に並んだ街路樹は濃い緑を茂らせ、小洒落《こじゃれ》たカフェや雑貨屋が軒を連ねている。

三ツ葉大学病院はすぐに見つかった。写真館の先で巨大な三ツ葉のマークが士たちを見下ろしていた。

病院に到着した二人が目にしたのは奇妙な光景だった。

女性が居ない。

見事なまでにすれ違うのは男性ばかりだ。

本来女性が座っていたと思われる受付やナースステーションはもぬけの殻になっている。

不思議に思って数人の男性職員に理由を尋ねた。どれもあきらめたように首を振るだけだった。

もしやすでにこの世界の怪物に襲われたのか。

士と夏海は暗黙のうちにそれを疑い、自然と歩調が早まった。

しかしある病室にたどりつくと、大勢の女性が集結していた。

患者もナースもいっしょになってひとつのベッドを囲んでいる。女性たちは押しあいへしあい少しでもベッドの上の男に近づこうとしている。

「君は例えるならハナミノカサゴ。赤と白の美しい体をくねらせ扇子のような胸びれで舞う海の花形さ。しかし美しいものには毒がある。捕らえようとする者は代償に命を差しださなければならない。そんな抗いがたい魅力を君はその目に秘めてるね。さあ、前髪を上げて。自分を解放してごらん」

ベッドの上の男はナースの長い前髪をそっと上げる。

「ほら、これで君はだれでも殺せるよ。美貌という名の毒でね」

男が微笑むと耳をつんざく黄色い声が飛んだ。

前髪を上げられた女性は卒倒し、鈍い音が響いた。

「きゃーっ、あたしもあたしもっ」

「あたしはなに？　珊瑚礁《さんごしょう》？　真珠？」

「あたしにもなにか言って！」

良太郎《りょうたろう》様ーっと彼女たちは猫なで声を出す。その足元では互いの脛《すね》を蹴《け》りあう戦争が行われている。

野上《のがみ》良太郎。部屋の入り口のネームプレートにはそう書かれていた。

「参ったなあ、あんまり君たちを独占するとまたドクターに嫉妬されちゃうよ。そうだ、いっそみんなまとめて……今夜、僕に釣られてみる？」

再びあがる喜びの悲鳴。

士は耳を押さえ忌々しげに言った。

「なんなんだ、これは」

その声を聞いた男が士と夏海に気づいた。

ベッドから降りナースらを掻《か》き分けて二人のほうへ向かってくる。

そして夏海の顎をきざなしぐさで持ち上げた。

眼鏡の奥の海底のような青い瞳に見つめられ、夏海はかすかに胸が高鳴るのを感じた。

目と同じ青のメッシュを入れた黒髪は程良く長く、左側だけを耳にかけている。その耳のあたりから静かな色気がにじんでいて、異性を虜にする魔力のようなものがたしかに漂っている。

　すっとした小さい輪郭の中に収まった品の良い薄い唇が動く。

「これはかわいらしい。白衣の天使とはまさにこのことだ。でも君みたいな子が病院にいたら危ないんじゃないのかな。退院したくないがために、仮病を使う輩が出てくるかもしれないからね」

「そ、そんなこと有り得ません。わたしなんか丸顔だし鼻も高くないし。まあ普通よりはちょっと目が大きくて色白で足も細いかもしれませんけど、全然かわいくなんかないです」

「おいおい、どさくさにまぎれて盛りすぎじゃないのか。それに短気な性格と寸胴が抜けてる」

　士が口を挟み夏海ににらまれる。

　おお怖、とつぶやく士はまったく眼中にないようで、男はネームプレートを指さし言った。

「夏海ちゃんっていうんだ。僕は海が好きでね。とくに夏の海は唯一の万国共通な宝だと思ってる」

　至近距離から放たれる甘い言葉の対応に困って夏海は視線を泳がせる。

　男の後ろで群れを成している女性陣のオーラが怖い。

「大丈夫、彼女たちのことは気にしないでいいよ。いま僕が見てるのは君だけなんだから」

後ろの女性陣には聞こえない小さな声で男はささやいた。

「ぺらぺらとよく動く口だな。言っとくがナツミカンはうざいぞ。別れを切りだしたら泣いて縋《すが》るタイプだ。遊ぶならもっと物わかりのいい女にするんだな」

士はそう言って夏海の前に割って入った。

男は不快そうに眉を寄せる。

「ふうん。邪魔するんだ。さっきから夏海ちゃんに酷《ひど》いことばかり言ってるのは好意の裏返しってわけ。小学生並みの青さだね」

「べつに。おまえの寒い台詞をこれ以上聞いていると俺の思考まで凍結しそうだっただけだ」

士は男が着ている患者衣の右腰のあたりに浮かんだわずかな膨らみを見遣《みや》る。

「それにおまえには聞きたいことがある。電王、野上良太郎」

「えっ、この人が仮面ライダーなんですか」

夏海が士の背中から顔を出す。

男は怪訝《けげん》な表情をした。

「どうして電王を知ってる。君は何者なの？」

「通りすがりの仮面ライダーさ。あいにく凡人とは持って生まれたものが違うんでな。だいたいのことはわかっちまうんだよ」

「変な男。まあいいや、電王を知りたいなら手っ取り早い方法があるけど。ついでにどっちが凡人かも教えてあげられる」

　患者衣の膨らみから、男は黒いパスケースのようなものをちらつかせる。

　電王の変身ツール、ライダーパスだった。

「でも無駄な争いは嫌いでね。勝ったほうが夏海ちゃんとデートできるっていうのはどう？」

「ふん。大魚を釣りたきゃ相応の餌を用意するんだな」

　男の提案を鼻で笑い、士は事のなりゆきを見守っている女性陣に声をかける。

「おい、こいつが昼飯の相手を探してるぞ。早い者勝ちだそうだ」

　とたんに室内は喜びの悲鳴に包まれる。

　我先にと二十名近くの女が押し寄せ男の体のあちこちを私のものだと主張するようにわしづかむ。

「痛い痛い痛い」

　苦悶《くもん》する男をよそに女たちはだれが一番だったかについて争いはじめる。

「私よ！　私がいちばん最初に良太郎様の胸に飛びこんだわ」

「いいえ。絶対に私だった。良太郎様だって私が一番のほうがうれしいに決まってる」

「卑怯者《ひきょうもの》。どうしてそんな嘘《うそ》がつけるの？　だいたい私は前からお昼の約束をしてるの」

各々が一番であると言い張るたびに男の体をひっぱって自分のほうへ寄せる。

夏海はその壮絶な光景に、運動会の棒引きを重ねた。

「ナツミカンは参加しないのか」

「遠慮させていただきます」

さすがの遊び人らしい男もこの襲撃には困った様子で額に汗をにじませている。

例の巧みな言葉で煙に巻こうとしても、もはや女たちに彼の声は届かない。

「わかった、みんなで仲良くいっしょに食べよう。ちょっと君どこひっぱってんの。いだだだだ」

男はしばらく無駄な抵抗を続けていたが、ある瞬間に力が抜けた。

がっくりと深くうつむく。

「まさかこれくらいで失神したんじゃないだろうな」

士が両手を白衣のポケットに入れたまま、男の顔を覗きこむ。

赤い瞳と目が合った。

「痛えっつってんだよ！」

顔を上げた男は一喝した。

士と夏海は絶句した。

手品のように一瞬のうちに男の顔はまるで別人になっていた。

クールに取りすました表情は跡形もなく消え、野蛮な輝きに爛々《らんらん》と目を光らせている。その目と髪のメッシュは青から赤に変わり、口調も乱暴になっている。どこにやったのか眼鏡は消え、ぶかぶかだった患者衣が筋肉できつく張りつめている。

「臭ェ臭ェ。匂うんだよてめえ」

赤目はドスの利いた声で士に挑みかかる。

「あいにく俺は鼻が利くんだよ。ポンコツのウラタロスと違ってな。てめえらこの世界の人間じゃねえな？　何者だコラァ」

「汚い顔をあまり近づけるな。おまえの口のほうがよっぽど臭い」

士は強引に彼を引き剝がし、汚れを落とすように白衣を叩いた。

男の眉間に筆で描いたような青筋が浮き上がる。

一触即発の空気の中でもひるまない一人のナースがなおも赤目の腕にしがみつく。

「いきなりどうしちゃったの。照れちゃったのかな？　あたしね、良太郎様のためにお弁当作ってきたの。ちゃんとウィンナーもタコさんにしたんだよ」

「うっせえババア！」

勢いよく腕を振り払われ女性は尻を打った。

「他のやつらもだ、みんな出ていきやがれ暑苦しい。そろいもそろって残念なツラ下げやがってこのブース、ブース！」

ようやく彼の変化を悟った女たちはいっせいに静まりかえった。

尻餅《しりもち》をついたナースが立ちあがり、棚から本を取った。それを赤目の後頭部に振り下ろす。

「うがっ」

女性陣は眉をひそめ良太郎の悪口雑言を取り交わしながらぞろぞろと出ていった。

本の角が直撃した後頭部をさすりながら赤目はうめく。

「くっそー、なんで俺がウラタロスの尻拭いしなきゃなんねえんだ」

病室には三人だけが残った。

さっきまで異様な人口密度だったせいか、やけに広くがらんとして見える。

ベッドの傍らには桃色の花が飾ってあり、その横には紫色の青汁のような得体の知れないドロドロがペットボトルに入れられている。

「てめえ、悪魔ディケイドだろ」

手を後頭部から下ろし赤目は言った。

士は奇妙な液体が入ったペットボトルの蓋を開け、匂いを嗅いでみた。腐った野菜に魚の生臭さを加えた感じの、強烈な刺激臭がした。

よくこんなものが飲めるなと思ったが、見ると中身は満杯のままで少しも減った様子はない。

「鳴滝《なるたき》とかいうおっさんが言ってたぜ。ディケイドは世界を滅ぼすってな」

「有名人はつらいな。行く先々で騒がれる。サインでもしてやるからおとなしくしてくれ」

士は胸ポケットからマジックを取りだし、赤目を殴った星座図鑑の中表紙にでたらめなサインをした。

「士くんは悪魔なんかじゃありません。これまでだって数々の世界を救ってきました。この世界もなにか困ったことがあるなら協力します」

勝手に話を進めるな。反対しかけたところで笑いのツボがまた痛みだし、口を噤《つぐ》む。

夏海は自ら面倒事に首を突っこみたがる節があった。

困っている人を放っておけない。彼女のボランティア精神のため士は面倒事に巻きこまれる。

その結果、つい世界を救って人から感謝されるのがお決まりのパターンとなっている。

「感謝されるのはもう飽きたな」

力があるというのはめんどうなことだと士は高慢なため息をつく。

そんな彼を赤目は品定めするようにじろじろと眺める。

「はっ、自分の世話もろくにできないいじけた野郎がいっちょまえに救世主気取りか。ふざけやがって」

「なんの話だ。脈絡のないことを言うと馬鹿がばれるぞ」

「言っただろ、俺は鼻が利くんだよ。この世界のライダーは良太郎だけで充分だ。だいたいなあ、俺は新入りってのが嫌いなんだ。どいつもこいつも俺が最初に目をつけた体に乗りこみやがって。とにかく、おまえの手は借りねえ。さっさと家帰って寝てな」

巨大な雲が病院の上を通って、室内は一気に暗くなった。

影の中で男の赤い目だけがめらめらと燃えている。

人を見透かす目だった。

心に漠然とした虚無感を抱きながら生きる目的もなく、だらだらと毎日をやりすごす現実世界の自分を、彼に見透かされているように感じ、士は思わず目を逸《そ》らした。

「帰るぞナツミカン。ここは俺たちが関与しなくても平和にやってるらしいからな」

「そうだ帰れ帰れ。ぽっと出がちょっと口挟んだくらいで救世主面されちゃたまんねえぜ」

病室の引き戸を引いて士は廊下に足を踏みだす。

それを止めようと夏海が白衣の裾をつかんだとき、廊下の奥から人々のざわめきが聞こえてきた。

ただごとでない様子のその声のほうに、夏海はあわてて駆けた。士もしぶしぶ続いた。

ざわめきの発生源はすぐに見つかった。

野上良太郎を取り囲んでいた女たちが廊下の隅でたむろしている。

彼女らは一様に困惑顔をして立ち往生している。

理由は聞くまでもなかった。廊下から続くべき階段が、すっぽり消滅していたのだ。なんらかの攻撃によって崩れたのではない。消しゴムで消したようにきれいさっぱり、一階へつながるはずの階段と、それに面していた壁が拭い去られている。

この階段を使って士と夏海は二階へ上がってきた。つい数分前まではたしかに存在していた階段の代わりに、いまは外界の景色が広がっている。

一階からこちらを見上げる職員がしきりに危険を呼びかけている。

「ついにうちも被害がでたわね」

「まあよかったじゃない。階段だけならだいぶましよ。エレベーターを使えば移動には困らないし」

この世界の住人である彼女らの反応は拍子抜けするほど冷静だった。

建物の一部が忽然《こつぜん》と消えたら、普通はパニックが起こりそうなものだ。彼女らの反応から、この不可解な現象は日常的に起こっているものだと士は推測する。

「これがこの世界の問題なんですね」

夏海が吹きさらしになった箇所を覗く。

二人の行く世界はかならずなにかしらの問題を抱えていた。連続失踪事件、奇妙な伝染病など形は多様だが原因はつねに人類の敵である怪人にあった。

「わたしはナースのみなさんの中に入って、この世界で起こっていることを探ります。士くんは電王から情報を得てください」

「あいつに手を貸す義理はない。この世界の問題はあいつ一人でどうにかするだろ」

「つまらない意地を張らないでください。士くんがここに来たのはこの世界が士くんを必要としているからです。困っている人がいたら助けなきゃいけないんですよ」

小学校の先生のように夏海は士に言い聞かせる。

士はここで反対してもさらにめんどうなことになると知っていた。

夏海の性格からして、一人でもやると言うに違いない。

「いいかげんにその性格直さないと、俺まで貧乏くじ引いてばっかりだ」

夏海は士の文句を無視し、エレベーターのほうへ移動を開始したナースに混じる。

「喧嘩しちゃだめですよ」

手を振る夏海を士はしばらく見送った。


士が野上良太郎の病室に戻ると、見知らぬ男がいた。

「ごめんなさい」

男は士を見るなり穏やかな声で言った。

よく見ると基本的な容姿造形は遊び人風の青目や口の悪い赤目と同じだ。

しかし髪や目は黒くなり、体の線も一回り細くなっている。

「また新しいのが出てきたか」

「僕は野上良太郎です。さっきの赤いやつがモモタロスで、最初の青いのがウラタロス。ほかにもキンタロスとリュウタロスがいる。いろいろあって体を貸してるから、たまに勝手に出てきちゃうんだ」

穏やかというよりは気弱という表現のほうが適切なしゃべり方だった。

「おまえがその体のオリジナルってわけか」

良太郎は肯定し、自分の体に憑依《ひょうい》しているのはイマジンというはるか未来からやってきた人類の精神体であるとつけ加えた。

精神体は現在を生きる人と契約することによって、その人のイメージから生まれた肉体を得ることができるという。

その荒唐無稽な説明にも、士は驚かなかった。

これまでに六つの世界を廻ってきたが、いずれも常識では考えられないような現象が起こっていた。反対にいかにも本当らしい話が嘘だったこともある。

真贋《しんがん》を見抜くのに長けた士の目は良太郎の言葉が真実であると確信する。

「ウラタロスとモモタロスが失礼なこと言ってごめんなさい。でも僕はあなたの力を貸してほしいんです」

良太郎はベッドの隣にあるテレビをつけた。

チャンネルを二、三度変えニュース番組で止める。

超常現象のようなニュースが流れていた。

銀行や飲食店などいくつかの建物が一晩のうちに跡形もなく消えた。

作業中の大工が登っていた梯子《はしご》が突然消え大工はけがをした。

乗っていたはずの車がなくなり高速道路に身ひとつで放りだされた。

その他いくつもの似たような事故が報道されている。映された被害者たちは混乱し、やり場のない怒りに悶《もだ》えている。

「これはイマジンの仕業です」

良太郎はテレビを消して士に顔を向ける。

「僕の中にいるイマジンは少し変わっているけど、基本的に彼らは人間に望みを言わせて契約をする。

その望みを叶《かな》えると契約者の過去に飛ぶ力を得る。イマジンはそこで過去をめちゃくちゃに塗り替えるんだ。

過去でイマジンに破壊されたものは現在で消えるからこういう現象が起こる。

僕らも早く過去へ行ってイマジンを倒さなきゃならないんだけど、それにはまず過去への道である契約者を見つけなくちゃいけない。契約者を探すために僕はこの病院にいるんです」

モモタロスたちに体を貸しすぎて倒れちゃったっていうのもあるんですけどね。良太郎はあまり困っている様子もなく笑った。

「イマジンを構成するものは時の砂です。だからイマジンと契約を結んだ契約者は、体から砂がこぼれるようになる。服の裾からザアッと砂が落ちてくるのが契約者の特徴です。でもこう人数が多いと一人一人見張ることもできないし、ウラタロスがアレだからすぐに囲まれちゃって」

「なぜ契約者がここに居るとわかるんだ」

「数人の男性がイマジンに左腕だけをもぎ取られる事件があったんです。

その直後にものが突然消える現象は起こりはじめた。

つまりイマジンは左腕をもぎ取って、それを契約者に届けることで契約を完了し過去へ飛んだっていうことです。

契約者はそのもぎ取られた腕を持っている人ということになる。

でも腕はすでに山中に捨てられていたのを警察が見つけました。

近くに落ちていた唯一の手掛かりがここ三ツ葉大学病院のバッジだったんです。

あいにく雨で指紋は消えていたみたいだけど、バッジを持っていない人が契約者だと思います」

願いという名の弱みにつけこみ過去を壊し現在を変えてしまうイマジン。まさに悪魔の契約だなと士は思った。

どんな潔白な者でも人外の力を持った存在に願いを叶えてやると言われれば、それに抗うのが困難であるのは明白だった。

もし自分がイマジンに願いを聞かれたらどうするだろうと頭の隅で考えた。

「契約者はイマジンに左腕を持ってこさせることを望んだのか？　妙な願いだな」

「なぜ左腕を差しだすことで契約完了になったのか、その契約内容まではわからない。イマジンは勝手なやり方で人の願いを叶えるから、かならずしも左腕を持ってくることが直接の願いとは限りません。

たとえばサッカーチームのレギュラーメンバーになりたいと願ったら、本人の実力を伸ばすのじゃなくてレギュラーメンバーにけがを負わせ試合に出られないようにする、なんてふうに。

今回もきっと生身の人間の腕を持ってこられて契約者は不本意だったんじゃないかな。でもなにか左腕に関する願いだったのは間違いないと思います」

良太郎は洗面台の前のコップを取って、例のペットボトルに入ったおどろおどろしい液体を注いだ。それを一気に飲み干す。

ああ、まずいとつぶやきベッドの上に座りこむ。

その一挙一動に薄幸そうな弱々しさがにじみでている。

本来なら賞賛ものの一気飲みも、彼がするとなぜか見ているほうが虐めてるような気分になってくる。

士は妙にいらいらした。

「これ、姉さんが作ってくれた紫キャベツと鮑《あわび》の肝《きも》ジュース。体にいいからっていろいろ作ってくれるのはありがたいんだけど、味がちょっと」

良太郎は士の視線の意味を誤解してジュースの説明をした。そんな勘の悪さも士には疎ましく感じられる。

「嫌なものも嫌と言えないやつに力を貸そうとは思えないな。おまえを見てるといらいらして殴りたくなる。俺はおまえの世界がどうなろうと知ったことじゃない」

良太郎はみじんも顔色を変えなかった。

士の言葉にひるむことなく、開き直るでもなく、ぼんやりとした気弱な薄笑いのまま言った。

「それじゃあ僕を殴って協力してください。この病院は人が多いから僕だけじゃ時間がかかってどんどん被害が大きくなる。僕は人が傷つくのが嫌なんです」

その声は変わらず小さく弱々しかった。

しかし何度張り倒したとしてもけっして意志を曲げないだろうことが予想される、明《めい》澄《ちょう》な言い方だった。

良太郎はまた紫キャベツと鮑の肝のジュースを飲んで、やっぱりまずいと独りごちた。


夏海は消えた階段の前に立ち入り禁止のロープを張ったあと、カルテの整理を任されていた。ナースステーションの奥で作業に勤しんでいる。

五十音順に並んだカルテ棚の中に、手渡されたカルテを戻していく。

ロープを張っている間も、階段が消えたことについて過剰に騒ぎ立てる者はなかった。

すでに通常の業務にみな戻っている。

その理由を早く探らなければと焦る一方、良太郎の病室に残した士が心配だった。

士は口が悪い。不遜な態度でわざと相手を敵に回すような物言いをするところがある。

しかしそれは彼の繊細な本質を守るための鎧《よろい》だと夏海は知っている。

——「世界が俺に撮られたがっていない」

士が撮る写真はいつもいびつに歪《ゆが》んでいる。

その写真を見てつぶやいた士の悲観的な言葉がよみがえる。

士曰《いわ》く、彼はディケイドの力に惚《ほ》れこみそれを使いたいだけでなく、自分の生きるべき世界を求めて旅をしているらしい。

しかし行く先で撮る写真はことごとく歪み、彼の住む世界でないことを示す。

自分の生きるべき世界が見つけられず、次々と別の世界に流れ流れていくのは寂しい。

早く士を受け入れてくれる世界が見つかればいいのにと思う。

「光さん」

「蜷川《にながわ》」のカルテの場所を探していると後ろから肩を叩かれた。

振り返ると背の高い、はっきりとした顔立ちの美人ナースだった。夏だというのになぜか長袖のカーディガンを着ている。

「あなた新人だよね。初めまして、わたしは北島綾《きたじまあや》。わからないことがあったらなんでも聞いてね。こう見えてけっこうベテランだからさ」

北島綾は発声練習のようにわざとらしいほどはきはきとしたしゃべり方で言った。

大きく見開いた目もきゅっと上げた口角も明るく積極的な雰囲気を醸しだしているが、どこかぎこちない感じのする人だった。

「こちらこそよろしくお願いします」

夏海はあわてて頭を下げた。

士と世界を旅するうち学んだことのひとつが、人間関係は円滑に保つべし。

どうせ自分の世界ではないからといって勝手な振る舞いをしていると思わぬところで墓穴を掘ることになる。

もっとも夏海のより良い人間関係を築く努力はいつも士のせいで台なしになってはいるが。

「あらそんなに畏《かしこ》まらなくていいのよ。ね、よかったらお昼いっしょに食べない？　良太郎様にお弁当作ってきたんだけど、なんかさっき変だったたし。一人で食べるには多いから手伝ってよ」

言われてみると北島綾は先ほど良太郎を星座図鑑で殴った女性だった。

話しながら彼女は夏海の手を握ってきた。さりげなさを装ってはいるが、しゃべり方や表情と同じく違和感のある動きだった。

「はい、ぜひご一緒したいです」

「よかった。じゃあ決まりね。お昼に食堂で待ってるから」

北島綾は小さく手を振って持ち場へ戻った。

夏海もカルテ整理の作業を再開しようとすると、また名前を呼ばれた。

夏海は振り返ると、まずその女性の耳に目が行った。

彼女の耳は長年柔道でもやっていたのか、餃子《ギョーザ》のように丸まっていたのだった。

外からではまったく耳の穴が見えないほど見事に丸まった耳は、ヘアネットに髪をまとめているため完全に剝《む》きだし状態になり、悪目立ちしている。

夏海は女性には珍しい餃子耳を見て一瞬ぎょっとした。

ナースの白衣に餃子耳は不似合いで妙な感じがする。

「光さん、あんまり北島さんとは関わらないほうがいいよ」

餃子耳は声をひそめて言った。汚いものを見るように眉間に皺を寄せている。

「どうしてですか？」

「北島さんだけじゃなくて、安藤《あんどう》さんと樋津《ひづ》さんも。あんたも知ってるでしょ、怪物に腕をもぎ取られるっていう怖い事件。その腕が捨てられてた場所にこの病院のバッジが落ちてたのよ」

夏海らの胸についている丸いバッジの中には単純な緑の線でデフォルメ化された三ツ葉の絵が描かれている。

「そのバッジの落とし主が事件と関係してるんじゃないかって警察は疑ってるわけ。北島さんたちは三人ともちょうどそのころバッジをなくしてるのよ。三人のうちだれかが犯人に違いないんだから、絶対関わっちゃだめ。あんたまで襲われるよ」

女は怖い怖いと自分の両腕をさすった。バッジをなくした三人が病院でどんな扱いを受けているかがよくわかるしぐさだった。

夏海は仕事を中断して足早に良太郎の病室へ向かった。

昼休みになり良太郎、士、夏海は食堂で綾を待っている。

イマジンが暴走している過去へ行くにはまず過去への道である契約者を見つけださなければならない。契約者は三ツ葉大学病院のバッジをなくしている人物。北島綾、そして安藤と樋津というナースの三人だった。

士らは三人に接触し契約者を探しだすことに決め、最初の目標は夏海がお昼の約束をした北島綾となった。

「いいですか、くれぐれもストレートにおまえが契約者か？　なんて聞くのは止めましょうね。こっちが契約者を探してることがむこうに知れればごまかされちゃうかもしれませんから」

真ん中に座った士は再び良太郎の体を乗っ取ったウラタロスのほうへ顔を向け、

「だれかが足をひっぱらなきゃ大丈夫だ」

と言った。

ウラタロスは青い目を細め鼻で笑う。

「言っておくけどこういうことなら僕は適任だよ。相手が女性ならとくにね。モモは馬鹿だしリュウタロスは子どもだしキンタロスに至っては論外だし。

その点僕は女性をスマートにエスコートできるから、勝手にむこうからボロを出してくれるさ。女性が求めるのは批判をしない理解者だからね」

食堂の入り口に北島綾があらわれた。

長袖のカーディガンを着たままなので、遠くからでも彼女とわかる。

「たしか服の裾から砂がこぼれるのが契約者である証拠だったな」

士に聞かれウラタロスは肯定する。

「ああ。でも一日中砂を垂れ流しにしているわけじゃない。砂のこぼれる時間はランダムだ。だからその決定的瞬間に立ち会える可能性にはあまり期待しないほうがいいだろうね。疑わしい人物に誘導尋問をかけて契約者だと自白させるのが手っ取り早いよ」

北島綾は風呂敷に包まれた巨大な弁当箱を両手で抱えてやってくる。

ウラタロスを見つけて複雑そうな顔をしている。

「ちょっと夏海ちゃん、二人だけじゃなかったの？　わたしその男にはもう騙《だま》されないわよ。いたいけな乙女心を踏みにじって」

北島綾はウラタロスをにらんだ。

病室でウラタロスの態度が豹変《ひょうへん》したのはモモタロスが主体に替わったせいだったが、彼女はそんなことを知るよしもない。

「はっ、乙女って歳じゃないだろう」

「士くん！　いきなり怒らせること言わないでください」

夏海が殺気をこめた親指を振り上げる。

また笑いのツボを押されてはたまらないと士はすばやく首筋を押さえた。

「さっきはごめん」

ウラタロスが悲しげな声で言った。

「意外に思うかもしれないけど僕はけっこうシャイなんだ。いや、君にだけシャイだって正直に言うよ。ほかの子にはこんな気持ちになることはなかったのになぜだろう。僕自身初めての気持ちに困惑してあんな酷いことを言ってしまったんだ」

その顔は愛する女の誤解を解くのに必死な、余裕のない男そのものだった。母性本能をくすぐる悲哀すら感じられる。

詐欺師《さぎし》だ。士と夏海は内心そう思った。

「そ、そういうことだったの？　わたしったら知らないで……」

「いいんだよ、誤解されて当然のことをした。それより君のことをもっと知りたいな。そうしたらこの気持ちに確信を持てる気がする」

北島綾はあっさりと機嫌を直した。

ナースステーションで夏海に見せたのと同じ、明るいがどこか強ばったような笑みを浮かべる。

ウラタロスの正面の席につき弁当の風呂敷を解く。牛肉のしぐれ煮、ステーキ、鰆《さわら》の西京焼き。

まるで花見にでも行くような豪華な弁当だった。

「わっ、北島さんって料理上手なんですね」

夏海が歓声をあげる。三人はそれぞれ目についたものを食べた。

「すごくおいしいよ。これでひとつ君のことがわかった。料理好きで家庭的な女性なんだね。ほかにはなにが好きなの？」

「ええと、お裁縫に読書にボランティア活動かしら」

「ははっ」

あまりに模範的すぎる回答に士はふきだした。

「本の趣味はその人の真実を語るよね。僕はウィリアム・クーンズの〝フルハウスにはかなわない〟が好きだけど、君は？」

北島綾はそれを聞かれると口を閉じた。

短いが重々しい沈黙が一瞬流れ、空気が変わった。

「わたしがいちばん好きなのは川端康成《かわばたやすなり》の〝片腕〟」

夢から覚めたように、声のトーンが落ちた。

片腕というキーワードに夏海と士はちらりと目を合わせる。

「どうして〝片腕〟が好きなんだ?」

士が尋ねる。

「べつに。なんとなくよ。ただ、あんなふうに腕を簡単につけ替えられたらいいなと思うだけ」

腕をつけ替える。

その不思議なニュアンスは北島綾への疑いを増大させるのに充分だった。確信を抱き、士は語気を強める。

「その望みはひょっとして、おまえが病院のバッジをなくしたのとなにか関係あるんじゃないか?」

北島綾の顔が曇った。口角が下がりファンデーションの落ちこんだ笑い皺《じわ》が目立つ。青ざめた頰に濃いチークが空々しく浮いて、急に年を取ったようだ。

不自然なほどの明るい笑みが虚ろな洞穴になるまでの過程を見て、夏海は背筋に冷たいものを感じた。

「言いたいことはわかった。あんたもわたしが例の事件の犯人だと思ってるのね」

「落ち着いて、僕は疑ってなんかない」

「良太郎様もグルなのね。やっぱり最低な嘘つきだったんだ。もうなにも話さない。同じ人に二度も騙されるなんて我ながら馬鹿すぎて泣けるわ」

北島綾はわざと大きな音を立てて弁当の蓋を閉めた。

中身はまだほとんど残っている。彼女がいまにも席を立とうとしているのは明らかだった。

ここで逃がすのはまずい。

士はウラタロスを横目で見て驚いた。

あのウラタロスが頬を引きつらせ、演技でなく本当に余裕を失った表情をしていたからだった。

「いま、泣けるって言ったかい」

「言ったわよ。くだらないこと聞かないでちょうだい」

ウラタロスが頭を抱え苦しみ、がくんと首の力が抜けた。

どこかで見た光景だった。

それが病室でウラタロスからモモタロスに入れ替わったときと同じだと士が気づくと同時に、青の目が金へと変化した。

「わしの強さにおまえが泣いたァ！」

腹の底から出された大声が食堂に響きわたる。士と夏海は耳を塞いだ。

金のメッシュが入った髪は伸び、ひとつに結ばれて、時代劇で見る浪人を彷彿《ほうふつ》とさせる髪型になっている。

胸の前で腕を組んだ姿は威風堂々。

容れ物である良太郎の小柄な肉体は変わらないのに、常人がいくら押しても引いてもびくともしないであろう重量感にあふれているのはなんとも妙な感じがする。

モモタロスの荒々しい強さとは異なる、ずっしりとした壮厳な力に満ちている。

足柄山《あしがらやま》の金太郎に出てくる熊のイメージの具現化、キンタロスだった。

良太郎の中に棲まう四体のイマジンのうち、三体めのイマジンだ。このイマジンは文脈にかかわらず「泣く」という語に反応して出てくるという、変わった性質の持ち主だった。

「女を泣かすのは趣味やない。涙を拭《ふ》いとくれ」

キンタロスはハンカチを北島綾に差しだす。

「泣いてないわよ」

「わかっとるわかっとる、なにも言わんでええ。わしの強さに感動したんやな」

北島綾は苛立たしげにハンカチを押し戻すが、キンタロスはさらにその手を押し返す。

「おまえな、出てくるタイミングを考えろ。よけいにややこしくなる。少しは空気を読め」

「士くんに空気読めって言われるなんて、ただ者じゃありませんね」

キンタロスは夏海の言葉を褒め言葉と勘違いして満足そうにうなずく。

「用がないのに出てきたんと違うで。おまえさん、隠してることがあるんとちゃうんか。

空手を極めたこのわしにはおまえさんの動きの不自然さがようわかる」

三人の視線を一身に受けた北島綾はカーディガンの袖を握りしめる。

「やめて」

北島綾は左腕を守るように右手で抱く。その体は恐怖に震えている。

キンタロスは目で追えないすばやい動きで彼女の左腕をつかみ、カーディガンの袖を二の腕までまくりあげた。

そこには凄惨な火傷の痕があった。

肉色の皮膚は捩《ねじ》れ、あるところは過剰に余り、あるところは皮が足りずに突っ張っている。ぶよぶよと柔らかく溶けた手触りが見るだけで想像できる。

痛々しい傷痕だった。

「すまんなあ。良太郎が契約者を探しとるんや。あんたがそうならきっちり話してくれんか」

北島綾はキンタロスの頬を叩いた。

最低、と言い捨てて食堂から出ていく。

彼女の明るい振る舞いは、あの傷の悲愴を隠すためのものだった。

だから夏海はナースステーションで初めて話しかけられたとき、漠然と違和感を覚えたのだった。

火傷の痕はそのまま彼女の傷であり、他人にいちばん触れてほしくない部分だったに違いない。

夏海は彼女の心情を思ってため息をついた。

「どうしてあんなことしたんですか。契約者を探すためだとしても酷すぎます」

「その場しのぎの同情は止めろ。ああするのがベストだった。これで北島綾が契約者であるのはほぼ間違いないことがわかったしな」

まだ腑《ふ》に落ちない様子の夏海に士は説明を加える。

「イマジンは契約者に他人の左腕を差しだして契約完了したんだろう。きっと北島綾はこう願ったんだ。〝きれいな腕が欲しい〟ってな。

本人は腕を治してくれというつもりで言ったんだろうが、イマジンは勝手なやり方で願いを叶《かな》える。文字どおりきれいな腕を持ってきたんだ。まず間違いなくやつが契約者だな」

弁当がテーブルの上に置き去りになっている。キンタロスは唐揚げを摘んで食べた。

「自分でやっといてなんやが、イマジンっちゅうのは心に虚しさを抱えた人間を狙うもんや。そうでなきゃイマジンなんぞいうワケわからんもんに大切な願いを叶えてもらおうとは思わんからな」

唐揚げに続き魚、おにぎりを次々口に放りこんでいく。美味い、とつぶやいてうなずく。

「わしもイマジンの端くれや。だれかのためにこんな美味い弁当を作ってやれる人間は狙わんなあ」

士は卵焼きをひとつ食べた。甘く柔らかい白身が口内で溶けた。

病院の中庭。風が吹くたびに揺れる芝を、つまらなそうに千切っては捨て千切っては捨てている男がいる。

帽子からパーマのかかった髪が伸び、その一部は紫に染まっている。

良太郎には四体のイマジンが憑《っ》いている。

主体のイマジンが入れ替わるたびに良太郎の人格と髪や目の色が変化する。青のウラタロス、赤のモモタロス、金のキンタロスときて、いま主体となって良太郎に憑依しているのは四体めのイマジン、紫のリュウタロスだ。

「あーあ。つまんないなあ、退屈だなあ。病院なんてなんにもおもしろいものがないよ」

しゃがんで芝を抜きながら、大きな欠伸をする。

リュウタロスはずっとこの調子だった。

契約者探しに興味がないとしゃがみこんだまま動かない。

「いいかげんにしろ。契約者を見つけなければおまえの世界が壊されていくんだろ」

「べつに構わないよ。僕は僕の好きなことしかできないんだ。知らない人が知らないところで死んだって悲しくなんかないよ」

リュウタロスは拗《す》ねたような口調で言った。

言うこともしぐさもまるで子どもだ。夏海が隣にしゃがみ視線を合わせる。

「ねえ、ポラロイドカメラって知ってる?」

「知らない」

夏海は士にリュウタロスを撮るようささやいた。

シャッターを切るとすぐにカメラから写真が出てくる。

最初はモザイクがかかったように不明瞭な写真が、次第にはっきりと輪郭を浮きだす。

――ここはおまえの世界ではない。

初めて別世界に飛び、歪んだ写真を撮ったときと同じ声が士の脳内に響く。

そこにはやはりリュウタロスが奇妙に歪んで写っている。

「ここも俺の世界ではないようだな」

士は写真をリュウタロスに渡す。

「わあ! お兄ちゃん下手くそだね」

「下手くそじゃない。芸術は歪みなんだよ」

リュウタロスはシャッターを押し写真があらわれるまでの過程に目を輝かせていた。

ポラロイドカメラは子ども心をくすぐったらしい。

「ちゃんと契約者探しに協力してくれたらポラロイドカメラを貸してあげます。どうですか？」

「勝手に決めるな。これは俺のだ。こんなガキに貸せるか。だいたい契約者を見つけてイマジンを倒したらこの世界には居られなくなるんだからな」

「しーっ、この子は子どもなんですよ。おもちゃに釣られればやる気を出してくれます。すぐ飽きるだろうし、この世界を出るときに返してもらえばいいじゃないですか」

夏海は小声で士を説得する。

士よりも早くリュウタロスが返事をした。

「おっけー。ならさっさとかたづけちゃお。お姉さんの写真を撮ってあげるんだ」

それまで地面にしゃがんでいたのが嘘のような軽いフットワークでリュウタロスは立ちあがった。

その場で軽快なステップを踏む。見ているとつい真似したくなる、華麗なステップだった。

第二の容疑者である安藤紀子《のりこ》は中庭で車椅子を押していた。

北島綾とは反対に細い目と白すぎる肌から陰険な印象を受ける人物だった。

車椅子の上の老婆と天気の話をしている。安藤紀子は士らが自分に向かってくるのを見て足を止めた。

「君、契約者だよね」

リュウタロスは開口一番、本題に切りこんだ。

安藤紀子は人嫌いそうな目つきでリュウタロスを見上げる。なにを言ってるかわからないというように肩をすくめる。

「なんの契約者？」

「とぼけないで。僕はこんなめんどうなことさっさと終わらせて遊びたいんだ。だから早く契約者だって認めてよ。そうしないと僕、君のこと嫌いになっちゃうかも。嫌いなやつにはなにをしたっていいからね？」

動物をじゃらし殺してしまう子どもの残酷さ。無邪気がゆえなんでもやりかねない危うさ。

そんなものが舌っ足らずぎみのしゃべり方から感じられるのはギャップが大きい分よけいに恐ろしい。

気圧されて安藤紀子は後ろへ下がる。

つめ寄るリュウタロスの肩を士が引き止める。

「馬鹿、そんなにはっきり言ったら疑ってるのがばれて警戒されるだろ。もっとうまくやれ。さっきのキンタロスとかいうやつのほうがマシだ」

「うげ……キンタロスより下って最悪」

リュウタロスはがっくりとうなだれる。

「士くん、そういうことは内緒話にしてください。丸聞こえです」

三人が言わんとしていることを察したのか安藤紀子はまたか、とうめいた。

神経質そうに目蓋《まぶた》が痙攣《けいれん》する。

「契約者については心当たりがないけど、あなたたちがわたしを疑ってるっていうのはよくわかった。例の山中に捨てられた腕の近くに三ツ葉大学病院のバッジが落ちてた事件でしょう。もう言い飽きたけど、わたしは家でバッジをなくしたの。ここの病院はナース服を個人で持ち帰って洗うでしょう。そのときバッジを外したらどこかに行っちゃったのよ。うちはあまり整頓されてないからね」

何度も練習したかのような、流暢すぎる答えだった。

士は疑り深い目で安藤紀子をにらむ。

蠟人形のごとくピクリとも表情を変えない。

契約者だと疑っていることがバレた以上、なにを聞いても確信を得られる答えが返ってくるとは思えなかった。

「もう行くわ」

「待ってよ」

リュウタロスが行きかけた安藤紀子を呼び止める。

「君が願いをなんでもひとつ叶えてあげるって言われたらなにを願う？」

いい質問だった。契約者だったらなんらかの動揺が生まれるに違いない。

安藤紀子は顎に手を添えてしばらく思案した。

「わたしの夫は彫刻家なの。といってもまだ駆けだしだけどね。才能はたしかなの。わたしは彼の才能を世間に知らせるために生涯を捧《ささ》げる」

いきなり身の上話をはじめた安藤紀子に三人は戸惑う。

「その夫が悩んでるのよ。いま取り組んでいる作品の左腕がどうしてもうまく彫れないって。次のコンクールで賞を取ることが成功の道には必要不可欠なの。だからわたしはこう願うわ。夫の作品に本物同様の腕が生えますようにと」

車椅子の老婆が暑いようと身を捩《よじ》る。

午後二時、ちょうど暑さがピークに達する時間だった。

安藤紀子は謝って車椅子を日陰に押していった。

リュウタロスは得意げな顔をしている。

「これでキンタロス以下っていうのは取り消しだよね。契約者はあの人だよ。本物みたいな腕が完成しますようにって願ったから、イマジンは正真正銘本物の腕を持ってきてあげたんだ」

しかし士と夏海は契約者が見つかったと喜べはしなかった。

八割方北島綾が契約者だと考えていたからだ。安藤紀子にも左腕を欲する理由があるなら容疑者の数は結局変わっていない。

「カーメーラ、カーメーラ」

カメラコールをはじめたリュウタロスに士はポラロイドカメラを渡してやる。

リュウタロスは喜んでシャッターを押しまくった。

構図もなにもない酷い写真だったが、すくなくとも士が撮ると写りこむ奇怪な歪みは見られなかった。


「樋津美幸《みゆき》はいるかァ！」

会議室の引き戸が勢いよく開き、中にいた人々は身をすくめた。

さらに入り口に立つ男のなぶるような視線が室内を這《は》うと、震え上がらない者はなかった。

モモタロスは赤いメッシュの入った髪を逆立てずかずかと会議室に侵入する。

そして一人一人の胸ぐらをつかんでネームプレートを確認していく。

「違う、違う、こいつも違う。クソッまたはずれか」

　モモタロスは同じことを何度もくり返していた。

　そのたびに夏海は頭を下げてモモタロスの代わりに謝っている。

「すみませんすみません。これも世界平和のためなんです。だから通報しないでください　あやしい者じゃないんです。正義の味方なんです」

「よけいにあやしいぞ、ナツミカン」

　会議室を出て廊下を歩きながら夏海はこれまた何度めかになる台詞を口にする。

「もっと穏やかにやってください。樋津さんが契約者だと決まったわけじゃないんですから」

　モモタロスは早足で、付いていくのがやっとだ。士は付いていく気もないのかすでに遠く遅れている。

「一人めも二人めも違ったんだろ？　だったら樋津ってやつが契約者に決まってんじゃねえか」

「だからっ、北島さんも安藤さんもどっちもあやしいんですっ。樋津さんは一応話を聞いてみる程度でいいんです」

「ごちゃごちゃうるせえ！　この俺が吐かせてやるから黙ってろ」

　モモタロスは樋津美幸が契約者だと決めつけ聞く耳をもたない。

　このままでは樋津美幸に拷問まがいなことをするかもしれない。

夏海は嘆息する。その上士との相性も悪い。士はこういった勝ち気なタイプといつも衝突する。

「ほっとけナツミカン。弱い犬ほどよく吠える。そんな赤犬は鍋にでも入れとけばいい。コチュジャンで煮こむと美味いぞ」

モモタロスの足がピタリと止まる。

振り返ったその顔は犬と呼ぶにはあまりに凶暴だ。

「むかつくぜテメェ。さっきからちんたら歩きやがって、俺は一刻も早く契約者を見つけなきゃなんねえんだ。その足使わないならぶっ壊す」

「おまえらのケチ臭い世界なんかどうなったっていいんだよ。この俺が幸せならほかは全滅でもなんでも勝手にしてろ」

モモタロスは怒りに拳を震わせたが、ある瞬間ふと力を抜いた。

やっと追いついた士の肩に手をかける。

「俺と契約するか」

思いがけない言葉だった。

「自分の世界も持てない弱虫野郎にお情けをかけてやるよ。てめえの願いを叶えてやる」

イマジンが願いを叶えるなんて幻想にすぎないことはわかっている。彼らにそんな力はない。

しかしわかっていてもその呪文には抗いがたい魅力があった。

あの憂鬱な現実世界ではない、別の生きるべき世界が欲しい。

あの現実世界は、本当の自分の世界ではないはずなのだ。もっと自分にふさわしい、何事も思いどおりにいく世界がきっとあって、それこそが自分を受け入れてくれる、生きるに値する世界なのだ。

士はそう思ったが、さすがに言葉には出さなかった。

「やめてください。イマジンと契約したら過去をめちゃくちゃにされちゃうんですよ。ほら、次はここです」

夏海がリハビリ室の前で足を止めた。

一階から順に樋津美幸を探し歩き、ここが最後の部屋だった。

モモタロスはよしっと一声あげて扉を開いた。

中にはリハビリ器具がいくつも並んでいる。それらを点検していたナースが顔を三人のほうへ向けた。

ナースが胸にバッジをつけていないことは遠目からでも確認できた。

「決まりだな」

モモタロスが不敵な笑みを浮かべて彼女へ近づく。

「てめえが契約者だってことはわかってんだ。さっさと白状しな。五秒以内に白状しなけりゃぶん殴る。女だろうと容赦しねえぞコラ」

赤い目のすさまじい迫力に樋津美幸は小さな叫びをあげた。

腰の力が抜けその場にへたりこむ。
五、四、三とカウントダウンをはじめるモモタロスを夏海があわてて制する。
「もう！　どうしてもっと穏便にできないんですか。ごめんなさい樋津さん。けがはないですか？」

夏海が樋津美幸に視線を向ける。

彼女は変な表情をしていた。

それは恐怖というより恍惚《こうこつ》に溶けた顔だった。

士が腰を抜かした樋津美幸に手を差し伸べている。樋津美幸はその腕をうっとりと眺めていた。

「やっぱり」

樋津美幸は士の白衣を肘までまくると頬を赤らめて言った。

あらわになった腕を指先でなぞる。血管の一筋一筋を確かめていく。

妖しい官能的な手つきだった。

「あなた、いい血管してるわ」

火照った体を持て余すように身を捩り熱い吐息を士の腕にこぼす。舐《な》めるような視線を血管に這わせる。

危険を察知した士は腕を引っこめた。

突然の奇行に三人は唖然《あぜん》とする。

「失礼。あんまりいい血管だったものだからついね。わたし血管フェチなの。血管に注射をするのが好きで好きでたまらないの。注射をするためにナースになったようなものよ」

冗談よ、と樋津美幸は笑顔で加えたが冗談には聞こえなかった。

「お願いだから注射させてくれない？　痛くしないから」

樋津美幸はナチュラルメイクの似合う清楚な顔立ちをしている。

その純潔そうな唇と、ねっとりとした変態的な口調はまったく相反している。

士は首を横に振った。

「やっぱりてめえが契約者じゃねえか変態女！　血管を見たいがためにイマジンに腕を持ってこさせたんだろうが」

モモタロスが再びつめ寄る。

「あんたの血管は嫌いよ。粗野で品がない。わたしの血管占いによると単純、馬鹿、短気ってとこね。肘から手首にかけての静脈の色合いが単調すぎる」

「当たってます」

「当たってねえ！　なんだ血管占いって」

否定しつつもモモタロスは自分の腕をしげしげと眺めている。

士は樋津美幸に腕を差しだした。

「どうやら人を見る目があるらしいな。俺はどんな血管なんだ」

「ああん、見れば見るほど素晴らしいわ。百年に一度の逸材。この美しき静脈の枝分かれ！　アポロンの求愛を拒絶したダフネの変身、月桂樹《げっけいじゅ》のようだわ。エメラルドグリーンと濃紫《こむらさき》の配色、皮膚の透け具合。どれを取ってもS級血管ね。こんな血管を持つお方は神の領域。世界を救うも滅ぼすも思いのままよ」

「完璧だ。看護婦より占い師のほうが合ってるんじゃないか。完全無欠な人間性というのは血管にまで表れてしまうらしい」

世界を救うも滅ぼすも思いのまま。

夏海はそれを聞くと複雑な気持ちになった。

「適当な嘘並べて煙に巻こうったってそうはいかねえ。バッジがないのが契約者の証拠だ。おとなしく認めやがれ」

「そう僻《ひが》むなよ。占いどおり短気なやつだ」

勝ち誇った士とおもしろくないモモタロスが火花を散らす。

「バッジはだれかに盗まれたのよ。夜勤上がりで疲れてて、ロッカーを閉め忘れちゃったの。おかげで山中に捨てられた腕の付近にバッジが発見されてから犯罪者扱い」

そう言うわりに困った様子もない。
樋津美幸はまた士の腕を観察してぶつぶつぶやいている。
そのうちに携帯のカメラで血管の写真を撮りはじめた。
血管の拓本を取らせてくれと言いだしてきたところで三人はリハビリ室から撤退した。

続々と消える建造物、乗り物。中にいた人々は前触れもなしに放りだされる。
上の階にいた者は落下し命を奪われる。
次は自分の家が消えるのではないかという不安が蔓延していく。
イマジンによる被害は拡大し、ここ三ツ葉大学病院も混乱に飲みこまれつつあった。
患者と職員の多くが病院の消失に備え一階に集まりはじめている。
三人は二階の良太郎の病室で頭を悩ませていた。
「まさか容疑者全員が同じくらいあやしいなんて……」
本来の野上良太郎に戻った彼は消え入りそうな声で言った。
次々とイマジンに体を乗っ取られた良太郎はやつれ、疲労が色濃くにじんでいる。
もともと薄い存在感がさらに薄くなりいまにも消えてなくなってしまいそうだ。
夏海に促されベッドに腰掛ける。

「野上、おまえはなんのために四体ものイマジンを体に宿して戦っている。相当キツいはずだ。なのに他人からは感謝も認知もされていない。なにか目的があるんだろう」

「目的なんてないよ。僕はドジで運悪くてみんなに迷惑かけちゃうから、こんな自分にもできることがあるのがうれしいんだ。自分にやれることだからやる、それだけだよ。それに相手が人間でもイマジンでも理不尽に傷つけられる怖さはよくわかるから」

　自分にできることをする。

　あまりに単純明快な答えを良太郎は照れる様子もなく口にする。

　まっすぐな瞳を向けられ、士はやはり彼とは合わないと再確認する。

「結局なにも進展していませんね」

　夏海は窓の外を眺める。

　世界の終末のような事態が起きているのに、一見すると穏やかな日常と変わらない。それが不気味だった。

「そうでもないさ」

　士の言葉に夏海は目を輝かせた。

「なにがわかったんですか？」

「樋津美幸はバッジを盗まれたと言っていたな。彼女は嘘をついてないだろう。正直なやつだったからな。契約者は樋津のあとに退勤または樋津の前に出勤して更衣室に入った。

そこでロッカーが開いてるのに気づいてバッジを取った」

夏海は士の見解を聞いてうーんとうなった。

仮に樋津美幸の言うことを真実とすれば、彼女のいない時間病院にいた者が契約者ということになる。

「樋津さんが正直者かどうかは置いておくにしても、たしかにそう考えて人数を絞るしかないですね。また時間がかかってしまいますけど」

「その必要はないよ」

病室の入り口から、突然第三者の声がした。

そこには長身瘦軀の男が立っていた。

「海東《かいとう》。やっぱり出てきたな」

士はその名を忌々しげに呼んだ。

海東の長く黒い前髪から覗く目の鋭さと口元に湛《たた》えた笑みが、すぐにでも崩れそうなぎりぎりの均衡を保っている。

人に警戒心を抱かせる、いかにも曲者らしい匂いを放っている。

「そんな嫌そうな顔しないでくれよ。せっかく契約者を連れてきたっていうのにさ」

海東が病室の中央まで入ってくると、後ろ手に縛られた女が続いた。

その女はナースステーションで夏海に安藤らが容疑者であることを教えた、あの餃子耳女だった。ネームプレートには原田葉子《はらだようこ》とある。

「本当にあなたが契約者なんですか」

良太郎が尋ねると餃子耳はうつむいた顔をあげた。

契約者の印である砂が落ちる。

またこの展開か。士はその砂、彼女が契約者である動かぬ証拠を見てがっくりと肩を落とした。

さんざん犯人を探し回ったあげくにこうして「こいつが犯人です」と第三者から答えを差しだされてしまっては推理ドラマもなにもあったものではない。

海東にはこういった、人の努力をあっさりと踏みにじるところがある。

あともう少しで解ける問題の答えを、横からひょいと投げてくる。

数式と何十分もにらみあった末、解を求める道筋がようやく見えた瞬間、答案を知っている部外者にあっさりと「答えは2だ」と言われればだれでも嫌な気持ちがする。

海東によってもたらされる助けは、いつも士をそんな気分にさせる。

そもそも出会いからしてそうだった。士は海東との出会いをよく覚えていない。あまりに腹だたしい記憶を、人は忘却してしまうのだ。

夏海とは一つめの世界で、海東とは二つめの世界で出会ったこと。海東は初めから胡散臭くいけ好かない感じで、すぐに衝突したこと。その世界で起こっていた事件の真相を巡り士が頭を抱えていたところ、海東が文句の付けようのない答えを持ってきたこと。そしてこう言い放たれたこと。

――「士があちこち動き回ってくれたおかげで僕は真相に辿り着くことが出来たよ。お疲れさま」

覚えているのはそれくらいだった。

海東自身は親切心からの行動だと言うのだが、彼の成すことは親切というより意地悪に近く、人をがっかりさせる。

しかも本人はそれを自覚しないのだから質《たち》が悪い。

そんな理由で士は海東というつかみどころのない、どこかズレた感性の男が嫌いだった。

「とんだ展開だな。もし俺がこんな展開の推理小説を読んでいたなら、いまこの時点で本を閉じる。さんざんどいつが犯人だという推理につきあわされた結果、ぽっと出てきた苛つくキャラクターに答えを突きだされたんじゃあ物語として破綻してる」

「士はいつも不思議なことを言うなあ。僕たちは小説の登場人物じゃない、生身の人間だよ？」

士の皮肉も海東には通じない。海東は士が素っ頓狂なことを言ったかのように苦笑して言った。

「まあ士が天然なのはいつものことだから置いといて。じゃーん、契約者の原田葉子だよ」

天然扱いされた士は忌々しげに舌うちする。

「次から次へと平凡な名前のやつが出てきて覚えるのがめんどうだ。やっぱり俺はこんな不親切な本をいますぐに閉じる」

「だから、士は本を読んでるんじゃないんだってば。本当に変な男だね」

「うるさい。おまえには譬《たと》え話ってもんがわからないのか」

おちょくるように笑う海東に士は苛立ちを募らせる。

そこへ餃子耳こと原田葉子は口を挟んだ。

「まさかこんなことになるとは思ってなかったんです。怪物が腕を持ってきただけでも怖くて気が狂いそうだったのに、建物が消滅して大混乱になって」

原田葉子は声を震わせて言った。

「おっと、勝手にしゃべらないでくれたまえ」

海東に制止されると原田葉子は恐怖に身を強ばらせる。

「慈善事業じゃないんでね。親切心で連れてきたんじゃないんだよ。過去へ飛んだら欲しいものがある。それを手に入れるのに協力してほしい」

「なんなんだ、その欲しいものって」

「行けばわかるさ」

迷っている暇はない。海東の狙いを訝《いぶか》しみつつも士は承諾した。

良太郎が餃子耳の頭にカードをかざす。

カードには日付とイマジンの姿が浮きでた。日付は二〇〇五年十二月四日。

「この日があなたが願いを叶えてもらうために差しだした過去です。イマジンはこの日にいる」

原田葉子はカードを確認して目を伏せた。

「彼が未来を失った日……。わたしの彼はプロのボクサーを目指して毎日過酷なトレーニングをしてたの。婚約をしていたわたしは栄養のバランスを考えたりトレーニングにつきあったり、まだこの仕事も駆けだしでたいへんだったけど、それ以上に充実感でいっぱいだった。

その日、わたしは彼と歩いているときに引ったくりにあった。彼がその犯人を捕まえようとしたら逆に腕をナイフで刺されてね。相当深く刺されて、治療をしても後遺症が残ってボクサーをあきらめるしかなくなった。

それから二年間、わたしたちは絶望の中で生きてきたわ。そんなところにあの怪物があらわれて願いを叶えてくれるって言ったのよ。もちろんわたしは彼に健康な腕をって願った。

でも怪人がもたらしたのはけがの治癒ではなくて本物の人間の腕だった。血だらけの、カビが生えたのもあった……」

原田葉子は泣き崩れた。過呼吸のように胸が大きな収縮をくり返している。

夏海が背を撫で、士と良太郎が手の拘束を解く。

海東だけが、爬虫類《はちゅうるい》に似た生気のない目でその様子を見下ろしていた。


時をかける列車デンライナーで一行は二〇〇五年十二月四日にたどりついた。

戦闘能力のない夏海だけは病院で契約者につき添っている。

過去の街はイマジンが放つ真空刃のような攻撃で壊滅状態にあった。

割れた地面からは粘着質の液体が漏れだし、瓦礫《がれき》の山はもうもうと霧のような埃《ほこり》を撒《ま》き散らす。

乗り捨てられた車が道を塞ぎパニックに拍車をかける。サイレンと悲鳴と建物の崩れる音が入り混じる。

その中心でイマジンは真空刃をめちゃくちゃに放出し続けている。

「派手にやったもんだな」

士に声をかけられたイマジンは高くジャンプして逃走した。

それと同時に甲高い女の叫びが聞こえてきた。

「引ったくり！」

見ると数メートル先に二年前の餃子耳、原田葉子を発見した。彼女の隣には彼氏と思われる男がいる。二人の前にはたったいま、原田葉子からひったくったのだろう女物のバッグを抱え逃走する黒ずくめの引ったくり犯がいた。原田葉子の彼氏は引ったくり犯を捕まえようと走りだした。

「あれだ！　あの犯人を追って彼は腕をやられてしまうんだ。早く止めなきゃ」

良太郎はイマジンを士と海東に託し走っていく。

「イマジンは僕が追うから君も行っておいでよ。良太郎君の性格じゃ止めきれないかもしれない」

そう言って海東はディエンドに変身した。

銃を武器とする青の仮面ライダーディエンド。

イマジンを追い倒壊したビルの間を駆け抜けていく。

士は海東の行動に違和感を覚えたが、すぐに良太郎のもとへ向かった。

良太郎は原田葉子の彼氏の前で両腕を広げ引ったくりを追おうとするのを食い止めていた。

しかしプロボクサー志望である彼は良太郎よりも一回り大きく、いまにも突破されそうだ。

「お願いです、あの引ったくりを追わないでください。あなたは腕を刺されてしまうんです」

「なんだおまえ。引ったくりの仲間だな。痛い目にあいたくなかったらさっさと失せな」

男は変身していない生身の良太郎を簡単に振り払う。

まだこれから起きることを知らない過去の原田葉子はこの不審な良太郎の行動に眉をひそめている。

話をしても無駄だと悟った士はいち早く引ったくりを追った。

もともと足の速い士は犯人との距離をぐんぐん縮める。

やがて追いつくと声を漏らす隙も与えず犯人の腹を一発殴った。

気絶した犯人から原田葉子のバッグを取り戻し、彼女へ放る。

その鮮やかすぎる行動に、原田葉子とその彼氏は驚きの顔を浮かべた。

そこにイマジンの攻撃が放たれた。

「変身」

マゼンタと黒の力強いボディに変化する。

弱い人間の枠組みから外れていくこの瞬間が士にとって最高の時だった。

頭がすっと軽くなり、靄《もや》が晴れる。

自分の世界がどこかなど、どうでもよくなる。

士は気絶した犯人を、良太郎は原田葉子とその彼を抱え、瓦礫が壁になっている安全な場所へ運んだ。

「俺、参上！」

良太郎は、電王の、モモタロスが主体となった赤いソードフォームに変身した。

「行くぜ行くぜ行くぜえ！　俺は最初から最後までクライマックスだ！」

軽快な剣捌《けんさば》きでイマジンを圧倒していく。

突如士の背に衝撃が走った。

かつて旅した別世界の仮面ライダー、ファイズの強烈な一撃だった。

ファイズの傍らには海東が立っている。

海東はこれまでに出会ったライダーをディエンドガンで召喚し戦う。

ファイズはこの能力により召喚されたものだった。

そして召喚されたファイズの攻撃はつまり、ディエンドの意志によるものだ。

「どういうつもりだ海東」

海東はファイズに戦闘をまかせ高みの見物をしている。

士はその戦い方が嫌いだった。

「欲しいものがあるって言ったよね。それは士を倒さないと手に入らない。協力してもらうよ」

士は理解した。海東がわざわざ契約者を見つけてきたのもイマジンを引き止めると言ったのも、この機会を得るためだったのだ。

ディケイドは左腰に装着されたライドブッカーからキバのライダーカードを取りだしディケイドライバーへ嵌《は》める。

士の体はたちまちマントをまとった高貴な騎士、仮面ライダーキバへと変化した。

天高く舞い上がり、拘束具を外した右足をファイズへ叩きこんだ。

まともにくらったファイズは召喚の効力を失い、消える。

「おい！　こっちも手伝え！」

モモタロスが叫ぶ。身軽なイマジンにモモタロスの剣はなかなか当たらずにいた。

「ちょっとくすぐったいぞ」

キバからディケイドに戻った士はファイナルフォームライドのカードを切る。

そのままモモタロスの背に手をかざすと、彼の装甲が外れモモタロス本来の赤い鬼の姿へ変わった。

士と赤鬼に左右から剣を振り下ろされ、イマジンは粉々に破壊された。

すさまじいエネルギーに十二月の凍えた空気も湯気をたてる。

その湯気のむこうからやってくる人影がある。

海東か。士は剣を構える。

しかしあらわれたのはまったくの別人だった。

ベージュの長いコートと同色の帽子を深くかぶっている。

士の行く先々で不吉な予言を残す、鳴滝という中年男だった。

「おのれディケイド」

四角い無骨な顔は憎悪に歪み唇は病的に震えている。

「悪魔ディケイド。貴様はまた世界を崩壊に近づけた。貴様が九つの世界を巡るとき、永遠の暗闇が訪れる」

鳴滝の体は陽炎のようにゆらめき、半透明に透けていく。

気味の悪い灰色がかった顔を通して壊れた街が見える。悪夢さながらにおぞましい光景だった。


過去を脱した士と良太郎が病室へ帰ると夏海は安堵《あんど》のため息をついた。

海東と契約者の原田葉子はすでにいない。

海東はなぜ自分を狙ったのか。自分を倒さなければ手に入らないお宝とはなんなのか。

士には見当もつかなかった。

しかしあの海東が一度であきらめるはずもないことはよくわかっていた。

「原田さん、気分が悪いって早退するらしいです」

イマジンを倒したことにより、消失したものはすべて元通りになっていた。

イマジンによる被害の存在しない平和な日常へと戻っている。

「彼が腕をけがするという過去を変えることはできなかったのかな」

良太郎がつぶやく。

「これぱっかりはつらいよ。悪い現在を知っていても過去の運命を変えることはなかなかできない。僕はやっぱりなにもできていないんじゃないかなって思うよ」

小さな足音がする。走っているようで、急速に近づいてくる。

病室の扉が開かれると、息を切らした原田葉子がいた。

「ああ、よかった」

原田葉子は夏海を見つけ中へ入る。

「どうしたんですか？」

「わたしが早退するって言ったら夏海ちゃんすっごく心配してくれたでしょ。さすがに騙したままなのは気が引けてね。体調不良は嘘なの。これから彼氏の試合なんだ。大事な試合だからどうしても行きたくて。婦長には内緒にしてね」

くすぐったそうに鼻に皺を寄せて原田葉子は言った。腕時計を見、あわてて走り去っていく。

その慌ただしさに三人は顔を見合わせて笑った。

「士さんはすごいですね。きっと僕だけだったら二人の運命を変えることはできなかった。人を救う力があるって羨ましいです」

「やっぱり士くんは救世主なんですね」

破壊者。悪魔。鳴滝につけられた肩書が士の頭をよぎる。

かすかに芽生えはじめた不安を押し殺すために腕を組んでポーズをつくる。

「当然だ。俺にできないことはない。しかしまあ、おまえもがんばったほうじゃないのか。思ったより図々しい根性してるしな」

士に言われて良太郎は苦笑した。

そしてそのまま、彼の表情が一ミリたりとも動くことはなかった。

良太郎と夏海が電池の切れた玩具のように動きを止める。筋肉の一筋まで動かない。

この世界を去る時間だった。

ひとつの世界から脱するときに起こるこの現象は恐ろしかった。まるですべてが作りものの虚構だったように思える。

やがて視界全体が写真と同じく歪み、輪郭が溶けだして電王の世界は士を追いだした。

士の世界

女は自分のハイヒールがコンクリートを踏み鳴らす音を聞きながら夜道を歩いていた。

残業で帰りが遅くなり、時刻は夜中の一時を過ぎている。

街道から外れた路地はひっそりと静まり返って、彼女以外の人はだれも通らない。

しかし閑静な住宅街にはまだ明かりのついた家が点々とあり、女性の一人歩きもそう恐ろしいことではなかった。

夜中になってもまだ温度の下がりきらない空気が疲れた体にまとわりつく。

女は首筋ににじんだ汗を袖で拭った。

次の角を曲がったら自宅というところまで来て、女はある物を発見した。

二十メートルほど先、街灯の光がかろうじて照らす道端に、黒い影が見えた。

女は最初、シートの掛かったバイクであろうと思った。

しかしだんだん距離が近づくにつれ、それにしては大きすぎることがわかった。人と同じか、それ以上の高さがある。

なんだろうと思いつつ、暗闇の中では見慣れたものも奇妙な黒い塊に見えることはしょっちゅうなので警戒もせず歩を進める。

その〝なにか〟との距離が十メートルになっても、どうやらてっぺんにスイカ大の丸いものが乗っかっているらしいのがわかっただけだった。

しかし五メートルまで近づいたとき、彼女はそれがなにか理解してしまった。

それは体の所々に刺が生え、鬼のような顔をした醜悪な怪人だった。

一度形を認識してしまうといままでどうしてわからなかったのか不思議なほどに、それははっきりと闇の中で輪郭を浮かび上がらせている。

女は鞄《かばん》を落とした。

同時に怪人は女の首筋にかみつく。

女の体は大きな痙攣《けいれん》をくり返し、そのたびに彼女の肌は乾き痩せ衰えていく。

怪人が口を離すと、すでに女はミイラと化していた。カサリと音を立てて女は倒れた。

怪人はそれを一瞥《いちべつ》し、その場をあとにする。

怪人の姿は一歩行くごとにゆらめき、長いコートに帽子をかぶった男になった。

暗室は母の胎内に似ている。

ほの暗い赤のセーフライトに、外界の光を遮る黒のカーテン。隔離された狭い世界、バットに入った現像液が蠢《うごめ》く。

士は撮影自体はあまり好きではなかったが、暗室に籠っていると心が安らいだ。

ファインダーの中の世界へ逃避しながらも、士は孤独を好んでいるのではなかった。むしろ強く恐れていた。

その孤独の意味合いは一般的なものとは少し違っている。

自分が独立した一人の人間であり、また他者は他者で完全に独立した人間であること。

その確乎《かっこ》たる分離が恐ろしかった。

なぜ自分はあの人やこの人ではないのか。逆もまた然り。

まったく別個の存在がこの世にうじゃうじゃとひしめいていると考えると意識が遠のく。

そういった不安はつねに士の胸の奥に巣くい蝕《むしば》んで、現実と向きあうことのできない無気力な人間に仕立て上げた。

満たされない胎内回帰願望を、狭苦しい暗室は慰めてくれる。

頭の片隅に棲みついている光景がある。

未完成の胎児の図だ。

暗い胎内で目を瞑《つぶ》り、まだミミズのようにくねくねとした未完成の足を母体の中でからませている。

それは現実世界においての士そのものだった。

レンズという名の母体に守られた、けっして傷つくことのない存在。外界に立ち向かっていけない未成熟な彼の象徴だった。

それにもうひとつ。

醜い怪物がそこら中を練り歩き、手当たり次第に人間を食い散らかしていく。世界の終末の光景も、瞼《まぶた》の裏に浮かんで離れない。

人間も動物も草木も食い尽くしてしまうと怪物は共食いをはじめる。

度重なる共食いの末に残るのは無ばかり。この世のすべてが一体となった無だ。

その究極の共栄状態こそ、士の望むものだった。


チャイムが鳴って士は暗室を出た。廊下を抜けて玄関を開ける。

「士くん、遊びにきちゃいました」

ふっくらと丸い頬が印象的な女性だった。

茶色に染めた髪が白い肌によく似合い、涼しげな感じがする。

士は目を疑って硬直した。

「この世界では初めましてですよね」

夏海だった。

表情、口調、佇《たたず》まい、どれを取ってもディケイドと世界を巡る旅をする夏海だった。

「なぜおまえがここにいる」

士は驚きのあまり声が上ずるのを感じた。

夏海はあくまで現実には存在しない人物のはずだった。

士はディケイドとして別世界を巡る旅を夢かなにかのように受け止めていた。

夢の中の人物が現実に飛びだしてきた得体の知れない恐怖に士は襲われる。

「そんなに怖い顔しないでください。せっかくこの世界に遊びに来たんですから、もっと歓迎してくれたっていいじゃないですか」

「いや、……」

士は言葉につまった。

なぜこの世に存在しているのか尋ねたかった。

しかしそれは声にならずに消えた。

夏海の振る舞いがあまりに自然で、自分のほうがおかしくなったように思えたからだった。

「あの、これよかったら食べてください。引っ越しのご挨拶です」

ビニールの袋を渡される。

中には洒落《しゃれ》たラッピングの焼き菓子が入っている。

士は袋を覗き見ながら混乱した頭が熱を帯びはじめるのを感じていた。

「もしかして少ないですか？　ご家族が多かったらもうひとつどうぞ」

「家族はいない。住んでいるのは俺だけだ」

夏海は意外そうな表情をした。どう見ても二十歳前後の男が一人で住む家ではない。

彼の両親は士が高校二年のときから海外へ赴任している。

帰ってくるのは年に一度か二度だけ。

そのため士は実家で一人暮らしをしているという珍しい図式が成り立っている。

「ひやっ！」

唐突に夏海が叫び声をあげて飛びあがった。

夏海の足元に一匹のゴキブリが這《は》っていた。

「やだっ」

夏海はパニックになって足を躍らせる。

ゴキブリはまだ外へ出ていかない。夏海の足を追うように這いずり回っている。

しびれを切らした夏海は土足のまま廊下にあがり、敵から逃れた。

「あ、ごめんなさい。びっくりしちゃって」

申し訳なさそうに頭を下げる。

「ちゃんと拭《ふ》きますね」

なにか拭くものを探すように夏海は周りを見回す。廊下に立つ彼女の右手にあるリビングとダイニングキッチンへ続く扉は開け放され、中が丸見えになっている。

そこの状況を見て、彼女の動きが止まった。

「信じられません！　だめですよこんなものばっかり食べちゃあ。カップラーメンの食べすぎは体に毒ですよ」

ダイニングキッチンには食べ散らかしたままのカップラーメンがいくつも転がっている。

夏海は土足のまま中へ押し入り、非難めいた声をあげた。

「うわっ。カビ生えてる」

カップラーメンのほかにも飲みかけのペットボトルや脱ぎっぱなしの衣服がそのまま放置されている。

士は掃除が苦手だった。夏海はその惨状に眉をひそめる。

「そう言われても、もうずっとこんな食生活だからな。とくに体の調子が悪いわけでもないし」

士は夏海のお節介スイッチが入ったのを悟った。

別世界をともに旅している夏海と、いま目の前にいる彼女が同一人物であるとすれば、その行動パターンはわかっている。

「ダメですダメです。自殺行為です」

「こんな体がどうなったってべつに構わない。どうせこれから先、生きていてもろくなことがないんだ」

人にとやかく言われるのが嫌いな士はうんざりしてきつい口調になった。

大きな黒々とした目で夏海が見つめてくる。

「決めました。わたしが士くんのごはんを作ります」

「なんでそうなる。やめてくれよ鬱陶《うっとう》しい」

「生きててもろくなことがないなんて言うからです！　この世にはもっと生きていたかったのに生きられなかった人がたくさんいるんです。それなのにいま生きてる人がそんなこと言うのは許せません。手作りのごはんでお腹いっぱいになったらきっと考え方も変わります。変えてみせます」

夏海は泣きそうな顔でまくし立てる。

「士くん、いつも別世界を旅してるときはあんなに強気なこと言うくせに、この世界ではずいぶん違うんですね」

捨て台詞のように言い残し、夏海は去っていった。

士は床に点々とついた足跡を眺める。

それがいまの邂逅《かいこう》の夢でないことを物語っていた。

別世界、つまり士の幻想の中の住人である夏海が現実に存在している不思議が襲いかかる。

ディケイドとしての旅が単なる夢物語でないとしたら。

そう考えると肌が粟立《あわだ》った。

とてつもなく恐ろしい罪を犯しているような気がした。

いったいここはどこなのだろうか。足元が揺れた気がしてしゃがみこむ。

「ここはだれの世界なんだ」

これまで旅したどの世界とも違う。苦悩と悲哀に満ちあふれている。

こんなところは嫌だ、早く違う世界に行かなくては。

士は光写真館へ向かおうと立ちあがり、玄関を開けた。

そこには海東がいた。

「やあ」

外へ跳ねた黒髪に真意のつかめない表情。

まぎれもなくディエンドへの変身能力を持った海東だった。

「久しぶり、でもないか。今日からこの家に住まわせてもらう海東大樹《だいき》だよ」

肩にかけていたボストンバッグを玄関の中へ下ろす。

かなりの重量を感じる音が足の裏に響いた。

「どいつもこいつも勝手に入ってくるな。なぜおまえまであらわれる。どうなってるんだ」

「どうなってるもなにも、この世界も僕にとっては電王やその他の世界と変わらない別世界のうちのひとつだよ。士がこの前電王の世界へ行ったのと同じように、僕はこの世界に遊びに来たわけさ」

「嘘だ。ナツミカンもおまえも存在しないはずだ。俺があの写真館で見る夢の中の住人だ」

「なにわけのわからないことを言っているのかな」

海東は芝居がかったそぶりで肩をすくめて見せる。

警戒心をゆるめない士に海東は微笑を浮かべて言った。

「それに君はどうなんだい、士。どうしてここに存在しているのかなんて質問に答えられるのかな。士ってなんなのか説明してごらんよ」

心を読んだかのような問いだった。

ここはだれの世界なのかという疑問が襲いかかってくる。考えようとするだけで不安に押しつぶされそうになる。

絶対に考えてはいけないことだった。

考えたらおぞましい真実にたどりついてしまうことに、士はうっすらと気づいている。

「まあそう深く考えないで。そんなのだれにもわかりはしないんだからね。さあ、部屋へ案内してくれないか。僕の家はここにはないからね」

「二階の突き当たりを勝手に使え」

早く目の前から消えてほしい一心で言った。

海東はボストンバッグを持ち上げ階段を上っていく。

「ありがとう。僕の部屋には入らないでくれたまえ。いろいろと秘密が多い身なんでね」

二階の部屋のドアの閉まる音がする。

ここは門矢士の世界だ。

しかし現実を自分の世界と認めるのは士にとってもっとも恐ろしいことだった。

士は結局この現実で生きるしかない事実を見て見ぬふりをしているのだった。

別世界の士と同じ造形ながら、だいぶ陰の濃くなった顔が震えている。

写真館へ行く気も失せてリビングにあるカメラのファインダーを覗く。

たちまちレンズが士を現実世界から隔てる。

すると起こったことすべてが他人事に思えてきて、寂寞《せきばく》とした静けさと安寧が胸に広がった。


久しぶりに雨が降った。

濡れたシャツが肩にべったりとへばりつく。

士の前には海東と夏海、二人分の傘が揺れている。

彼らがあらわれてから一週間が経った。二人はまだ士の傍にいる。

海東と夏海は士の家の二階に住みついている。

奇妙なルームシェア生活が突如はじまった。

夏海のおかげで家はすっかりきれいに整頓された。

が、彼女の料理の腕前はたいそうまずいものだった。

先日出されたのはカレーだ。大きく刻まれたニンジンやジャガイモは芯まで火が通っておらず、固い。

テーブルを囲んだ三人の口からごりごり音が鳴った。

ルーは甘ったるく妙に粘ついていて、お世辞にも良いできとは言えない。

「カレーってつい作りすぎちゃうんですよね。お代わりいっぱいありますから、遠慮しないでくださいね」

「いや、僕は胃炎ぎみであまり食べられないのだよ。本当はもっと食べたいけど、この一杯で止めておかないと後悔することになりそうだ。惜しいけど士に譲るよ」

胃炎ぎみというのは間違いなく嘘だった。

夏海自身に料理下手の自覚はないらしく、いつもしきりにお代わりを勧めてくる。

海東はそれをかわし、士に押しつける。

「そんなにもりもり食べて、よっぽど気に入ったんだね」

「よかったです。さあ、どんどん食べてくださいね」

夏海がテーブルの上の鍋から士の皿に追加した。屈託のない笑顔が苦しい。

海東は悠々とアイスコーヒーを飲んでいる。

士は不愉快きわまりなかった。

夏海のまずい飯も、海東が勝手に一部屋独占していることも、すべて不愉快だったし、恐ろしかった。

士はこの世界では、一人で静かにカメラのファインダーの世界を見て過ごしたかった。

彼らがいるとそんなこともおちおちできない。そうはっきり言いもしたが、夏海は士の食生活が心配だからと言い張り、海東には毎度うまく煙に巻かれてしまう。

出ていけ、うちにいられたら迷惑だ。強制的に現実と向きあわされる。

士は彼らが順調にこの家になじんでいくのを、鬱々と眺めているしかできない。

「なにか食べられないものがあったら教えてください。これからの参考にします」

夏海が聞いた。

「僕は野菜全般と肉類全般と魚類全般が食べられないよ」

「それじゃあなにを食べて生きてるんですか？」

「うーん、白米？」

海東は真剣なのかふざけているのかわからない口調でそう答えた。

「士くんはどうですか」

名指しでこられて士はしぶしぶ口を開く。

「俺はなまこが嫌いだ」

夏海と海東はその答えを聞くと少し沈黙して、ぷっとふきだした。

「士ってなにげにおもしろいよねえ」

なぜ笑われたのか理解できなかった。士は早く一人になりたいと心の中でつぶやいた。

それからしばらく当たり障りのない雑談が続いた。

雑談といっても話しているのはほぼ夏海だ。士は終始仏頂面で、海東は自分のことをまったく明かさなかったが夏海はよくしゃべった。

「そういえばこの世界では、吸血鬼事件というのが起こっているみたいですね」

再びカレーを勧めながら、夏海が言った。

士は知らなかった。ニュースも新聞もろくに見たことがない。

「本当に知らないのかい？　連日ニュースになってるのに信じられないね」

海東があきれたと言いたげに肩をすくめる。

「簡単に言ってしまえば連続殺人事件です。ここ三ヵ月でもう二十人近い被害者が出てるんです」

夏海も吸血鬼事件のあらましを知っているらしく、士に説明する。

「それがどうして吸血鬼なんだ」

士は尋ねた。

吸血鬼事件、士にはどこか心惹《こころひ》かれるフレーズだった。

聞いたら夜トイレに行けなくなっちゃうかもしれないよ。海東は子どもを脅かすように前置きしてから話しはじめる。

「被害者はみんな同じ殺され方をしているのさ。首には牙で嚙《か》まれた痕があり、体中が枯れ木みたいにカラカラに乾いてミイラ状態になっている。昨日まで生きていた人間が死後何日も経ったような姿で発見される。吸血鬼に血を吸いつくされたみたいだから吸血鬼事件なのだよ。理由は謎。犯人の手掛かりもいっさいなし」

世紀末に起こりそうな事件だった。

はるか昔から人類滅亡が預言されるたび、その日が近づくと異形のものが地上を練り歩く。人々は耐えきれない恐怖と不安に晒《さら》されるとかえってオカルトや怪談を求める。

そういったものへの恐怖で本質的な問題を忘れようとするのだ。

その逃避が、人間の足が生えた魚や角のある赤子、牛の顔をした司祭を出現させる。

士はなにかの本に書いてあったことを思いだした。

「そこで提案なんですが、吸血鬼事件の真相をわたしたちで解明しませんか。いつだって士くんはいろいろな世界で起きてる事件や現象を解決してきたじゃありませんか」

　夏海の提案に士は恐怖を覚えた。

　別世界ですることと、この現実世界ですることを同列に並べられたくなかった。

　それはゲームの中でモンスターを倒すのと、現実で猛獣に立ち向かうのを一緒くたにされるのと同じだった。

「それは酔狂なことだな。犯人に心当たりでもあるのか」

　士は露骨に迷惑そうな顔をして言った。

「心当たりはこれから探すんです。多くの人が困っている事件を野放しにしておけませんから」

　無駄に正義感の強い夏海の言動は、いつも別世界で見ているものと変わらない。しかし士にとっての意味合いは大きく違う。

　この世界は士にとって別世界などではない。まぎれもなく自分の生まれ育った世界なのだから。

「ごちそうになったことだし協力してあげようか。僕の知り合いに親切な記者がいるんだ。その人なら一般公開されていない情報を持ってるかもね」

　この世界へ来て数日しか経っていないのに、海東はもうそんな人脈を持っているらしかった。

「ぜひお願いします！　なにをすればいいのかわからなくて困ってたんです。ありがとうございます、海東さん士くん！」

海東と並んで礼を言われたことに士は嫌な予感がした。

まさか俺もつきあわなくてはいけないのか。確認するまでもなく夏海の輝きに満ちた目を見れば答えは明らかだ。

吸血鬼事件とやらで人がいくら死のうとどうでもいい。

それはレンズで隔離された士になんの影響も与えない。

生煮えの野菜を奥歯で噛むと匂う青臭さをのどで嗅ぎながら、何事か話している夏海と海東を遠い異人のように思った。

そして今日が、その記者に会う約束の日だった。

すでに陽の傾きかけた黄昏時《たそがれどき》となっている。

先頭の海東が足を止めた。喫茶ベルの看板が影を長く伸ばしている。

ここで記者と落ちあう約束になっていた。

三人は冷房の効いた店内へ入った。薄暗い豆電球がオレンジ色に壁を染めている。

「まだ彼は来ていないようだね」

テーブルを見渡して海東は奥の席へついた。士と夏海もそれに続く。

「士くん、肩が濡れてますよ」

夏海がハンカチを取りだして隣に座った士の肩を拭いた。

士は癖でいつも右肩を濡らしてしまう。

「傘をさすのが下手なんて子どもみたいですね」

おちょくるような言い方にむっとして白い手を振り払う。

夏海は床に寝かせた士の傘を拾い上げ、出入り口の傘立てにしまいに行った。

「お店に入ったらちゃんと傘立てを使わなくちゃだめですよ。床がぐちゃぐちゃになっちゃいますから」

「いちいちうるさい。小姑《こじゅうと》みたいなことばかり言ってるから色気がないんだ。俺は風邪を引いたって床が濡れたっていい」

「士くんが風邪を引いたらわたしが心配するし床が濡れたらお店の迷惑です。ちなみに色気はあります」

海東は鬱陶しそうに眉を寄せる士をにやにやと見ている。

「君たちって夫婦みたいだよね。世話焼き女房とぐうたら旦那、じつにお似合いだ」

「女房？　小姑の間違いだろ」

「わたしだってもっと頼りになる人がいいです」

海東と夏海が士のもとへやってきてから一週間、すっかりそれぞれの立ち位置が決まっていた。

自分にも他人にも関心のない士がネガティブな発言をすると夏海が怒る。

なにかと世間知らずな士の世話を夏海が焼く。

どちらにしても海東は笑みを浮かべ二人を見ている。

士も少しずつ口をきくようになっていた。

それは彼らを受け入れたというよりあきらめに近かった。しかし夏海はそれをカップラーメンを止め正しい食生活を実践した結果、健全な心身を手に入れたおかげだと言う。

「コーヒー三つでいいかい」

「ああ」

注文したものが来るとテーブルのシュガースティックが一本しか残っていないことに気づいた。

士がそれを取るとすかさず夏海に奪われる。士がまた取り返す。

「ちょっと！　ここは女の子に譲ってくださいよ」

「断る。本来なら三本は入れたいところを一本で妥協しようとしてるんだ。俺に譲れ」

「いい年した男の人が甘党ですか。こういうときは黙って女の子に差しだすのが大人のマナーです」

「大人のマナーとやらを実践しようと思わせる女になってから言うんだな」

「ひどい！　海東さんなんとか言ってやってください」

海東はブラックコーヒーを飲みながら煙草を吸っている。

骨の造りが透けて見える痩せた手に、白い煙が似合う。

煙の奥で海東はいつものからかい顔ではなく、厳しい目つきで士をにらんでいた。

夏海に話しかけられるとはっとした様子で口角を上げた。

「ああ、うん。士が悪い……彼が来たみたいだ」

喫茶店の出入り口に背の高い、血色の悪い男が立っていた。

右手を上げた海東を認めるとその男は顔を引きつらせる。

「やあ海東さん。まったく夏の雨は嫌なものですね。風邪など引かないよう注意してください。もっとも頭の切れる海東さんが夏風邪なんぞを引くはずもありませんか」

媚《こ》びへつらうような言い方だった。

瘦《こ》けた頰に浮かべた薄っぺらな愛想笑いが空々しく、狡猾《こうかつ》な印象を与える。

「海東さん、こいつらに漏らしてませんよね？」

海東は男が隣に座り、悪口をささやくように顔を寄せてくると虫でも追い払うように手を振った。

「嫌だなあ、君がやばいやつらとつながって仕事で得た情報を売ってるなんてこと教えてないよ」

「ちょっ、言ってます！　いま言っちゃってます！」

「漏らされたくなかったらさっさと必要なことだけしゃべりたまえ。君みたいな下衆《げす》のご機嫌取りには反吐がでる」

「はあ、吸血鬼事件について知りたいってことでしたか。自分もそう詳しくは知りませんで」

　男は海東に弱みを握られているらしかった。下衆呼ばわりされても反論ひとつしようとしない。

「いやいやもちろん知っていることはすべてお話しします。ただ不可思議な事件ですからねえ。ああ、自分は遠野《とおの》といいまして××新聞社の者です。見てのとおり海東さんには逆らえない立場なんですわ。

　いやあたいていこういう事件は半分マスコミのでっち上げみたいなもんで、蓋を開けてみれば単純な動機、殺害方法でがっかりなんてことばかりなんですがね。今回はどうやら数少ない例外かもしれません。というのも、被害者の首の嚙み痕から採取したＤＮＡは人間のものじゃなかったそうで。人間に酷似した、謎の生命体。すくなくともＤＮＡはそれが犯人だと言っているらしいですね」

　一座が静まって、隣の客の話し声が聞こえてくる。

ありふれた恋愛の愚痴が、遠野の述べた事柄をよけいに現実味のないものにする。士はコーヒーを飲んだ。結局夏海にシュガースティックを奪われたせいでひどく苦い。先日聞いたときには別段恐ろしいとも思わなかったこの事件の内容が、急におぞましく感じられた。

首に噛み痕のある枯れた変死体が窓の外に張りついているような気がして窓から視線を逸らした。

「それじゃあ本当に人間以外の犯行だというんですか？」

夏海は意外にも冷静なようだった。

「さあ、真実はだれにもわかりませんがね」

遠野はにやにやとねちっこい笑いをつくっている。

「不気味だね。犯人の目撃情報は一件もないのか？」

海東はそう言ってまた煙草に火を点けた。

「数十人も殺していて一件もないんですって。髪の毛一本、指紋ひとつ残さず手掛かりは被害者の傷から検出される謎のＤＮＡだけ。これは長年記者やってる自分の勘ですがね、この事件もっと先がありますぜ。この手の犯人は殺人予告や現場にメッセージを残し力を誇示するもんですが、今回はそれがまったくない。おそらく犯人の目的は別のところにあるんです。ひょっとするとちんけな殺人どころじゃないもっとでかいことが起きますよ。

いやあ楽しみですなあ」

雨は帰りになってもやまずにいた。靴の中に水が入る。

士は努めてそのぶよぶよとした不快な感触に意識を集中する。

そうすることで芽生えはじめたある嫌な考えに正面から向きあうことを避けている。

「士は怪人の仕業だと信じるかい」

「まさか。この世界には怪人なんてずっと存在していなかったんだ」

「僕は怪人の仕業だと思うな。だいたい爪も牙も持たない人間が動物界の頂点に君臨してるなんてほうがおかしいんだ。もっと冷血で戦闘能力の高い異形の怪物がいつかかならず人間に取って代わる。ミサイルよりも質の悪い意志のある凶悪兵器は人をどこまでも追いつめて虐殺し楽しむのさ。遊び半分にね。そんな世界を士だって旅してきたじゃないか」

士はその光景を何度も見たことがある。

士が行く別世界ではつねに怪物が横行し人を襲う。

怪物が存在しないのはこの現実の世界だけ。

怪物がこの世界にも出現した。嫌な考えとはそれだった。

実際に別世界の住人であった夏海と海東はこうして士と肩を並べている。怪物が例外とは限らない。

力にあふれた別世界の士はどんな敵にもひるんだことはなかった。

しかし現実にあの無慈悲な怪物が潜んでいるかもしれないと思うと、それだけで足が竦《すく》む。

テレビゲームでいくら無双と崇められようと現実ではただの人。

ゲームが現実になればたちまち殺されてしまう。

士にとっての別世界と現実も同じ関係だった。

「大丈夫ですよ。もし怪人が犯人だったとしても、士くんならすぐにやっつけられます。万が一の時にはわたしが光家秘伝笑いのツボでやっつけちゃいます。笑い転げる怪人なんて怖くないですよね？」

浮かない顔の士に気づいた夏海が明るい声で言った。

それでも士の気分は晴れない。

嫌な考えから逃れるべく、士は写真館へ行き別世界へ飛び立とうと決めた。

「悪い、用事を思いだした」

突然のことに夏海と海東がいぶかしげな視線をくれるのを背中で感じつつ、士は写真館のほうへ足を向けた。

クウガの世界

士は風変わりな部屋にいた。

壁に立てかけられたキャンバスに、絵の具で汚れた床。

木製の机には筆や用途不明な道具が散らばっていて、大きな花瓶に刺さった百合の花だけがすくと背を伸ばしている。

見上げると眩暈《めまい》のするほど高い天井へ続く梁《はり》のあちこちに蜘蛛《くも》の巣が張っている。

ものが乱雑に放りだされたままの埃っぽい部屋は哀愁めいたものが漂う。

「ふふっ、士くん変なかっこ」

夏海に言われて壁に掛かった鏡を覗いた。ベレー帽をかぶりチェックのマントを羽織った士が映る。

「なるほど。今回は画家か。ここはアトリエってとこだな」

ベレー帽の位置を微調整し完璧だ、とつぶやく士を無視し夏海はキャンバスを眺めている。

大小含め五つのキャンバスが散在している。

「この絵はだれが描いたんでしょうか」

キャンバスに描かれた絵はどれも黒や濃紫《こむらさき》を基調とした暗い印象のものばかりだった。

共食いする醜い生物や崩れかかった館。

一面を塗りたくった闇色の中央に、未完成の胎児がぽつりと小さく丸まった絵はとくに禍々《まがまが》しい。

士はその胎児から目を離せなかった。それは士の心にたびたび浮かび上がるあの胎内回帰願望を示す図と、寸分違わぬものだった。

「よく絵には心の問題が表れるっていいますよね。子どもに絵を描かせてセラピストが分析したり。士くんも描いてみたら士くんの住むべき世界の手掛かりになるかもしれませんよ。というか、画家の役になっちゃいましたけど絵心はあるんですか？」

士は悪意に満ちあふれた現実世界とは異なった、生きる価値のある理想郷を求め旅をしている。

夏海を盗み見て、士は言われたとおり椅子に座った。

現実世界に夏海がやってきてから別世界で彼女に会うのは初めてだったが、とくに変わった様子はない。

彼女と海東は何者なのだろうか。

これまでは別世界にのみ存在するキャラクターと思い深く考えたこともなかったが、二人は士の世界にもやってきた。

士は腰のディケイドライバーを撫でる。

思い悩むのは現実の中だけで充分だ。

別世界にいる間、自分はディケイドという特別な力を持った人間なのだ。

唯一無二の存在、だれよりも強い門矢士だ。あれこれ考えるのは性に合わない、豪胆な男だ。

そう自らに言い聞かせると現実の厭世的《えんせいてき》な人格が消え、別世界においての自信家でポジティブな人格がむくむく目を覚ます。

「俺にできないことはない。強いて言うなら負けることだな。社会勉強のために一度は敗者になってみたいもんだが、何事においても俺に太刀打ちできる人材がいないんだから仕方がない」

士は夏海の似顔絵を描いた。

鉛筆描きの簡単なものだったが、よく特徴を捉えていた。

「わあ、すごい！　わたしこんなにかわいいですか？　珍しく士くんに喜ばせてもらいました」

「ちなみにそれはナツミカン自身が抱いているだろう美化された自己像だ。実際のところはせいぜいこんなもんだろ」

そう言って余白にもう一度夏海を描いた。今度は目のつり上がったふくよかすぎる顔で、シャーッ！　という効果音をバックに舌を出している、化け物だった。

「妖怪丸顔かんしゃくもちだ」

「光家秘伝、笑いのツボっ」

夏海の親指が士の首筋を突き刺した。

士が笑い転げていると、玄関扉の開く音がした。

廊下を渡ってくる足音のあと、一人の女が姿をあらわした。

無断で侵入してきた女はなにか差し迫った用件がある様子もなく、表情の乏しい顔で宙を見ている。

「ちょっと、なんですか？　勝手に入ってきたりして」

夏海はそこまで言って息を飲んだ。女の容姿の異常に気づいたのだった。

女は美しかった。あまりにも過剰な美しさだった。

いたって地味な黒のスカートから伸びる足はふくらはぎがつぶれることなく見事な円柱をつくり、ごく薄い筋肉が皮の下に感じられる。

健康的な血の透ける頬を持った夏海とは逆に青ざめた冷たい白さを湛《たた》えた肌が人形のように整った顔を強調している。

前へ張りでた丸い額が目に影を落とし、程良く厚みのある唇は光を反射して輝く。

長い黒髪といい全体的に物憂げな雰囲気を醸しだしているが、それは彼女の美貌をますます類いまれなものに昇格させている。

女は夏海の横をすり抜けて、士へ近寄った。会話をするには近すぎる距離だった。

「わたしが欲しいか」

やや低めの艶のある声で女は言った。

「あははは っ、はははははっ」

しかし士は答えることもできなかった。まだ夏海の笑いのツボの効果が続いているのだ。女はわずかに眉を寄せた。

しばらくして士は落ち着くと、開口一番女に言った。

モデルになってほしい。俺のモデルになるにふさわしい人物だ。

夏海は反対した。

勝手に家へ上がりこんできた不審な女と関わりたくなかったし、なぜか士が何時間も彼女を見つめて作品を仕上げるのを想像すると嫌な気分になった。

「絶対あの人変です。わたしが欲しいか、なんて言ったきり黙って。きっといかがわしいお店の人なんですよ。モデルなんか頼んだら大金を請求されるかもしれませんよ」

「金なんかどうにでもなる。あいにく俺はあの美貌を前にして創作意欲がわかないほど鈍い人間じゃないんだ」

「創作意欲って、この前までそんなこと一度も言ったことなかったじゃないですか。早くこの世界の仮面ライダーと接触して、敵を倒しましょう」

「わざわざ探しに行かなくてもむこうからやってくるさ。この世界が俺を必要としているならな。俺はあの女の絵を描かなければならない。そんな気がする」

　それぞれの世界で与えられた役割をこなしていれば、仮面ライダーや怪人とはつねに出会えてきた。

　今回も画家という役割をまっとうしようとするのは自然なことだった。

　夏海は女に視線を向ける。

　女は自分のために繰り広げられている口論を諌《いさ》めようともせず棒立ちしている。

　かすかに見られた表情もまた消え失せて、病的といっても差し支えないくらいの情緒的な冷たさがにじんでいる。

　気味が悪くなって夏海は頭を振った。

「そりゃ描けとは言いましたけど、なにもあの人に頼まなくても……。モデルならわたしがなってあげますから」

「悪いが前衛芸術は趣味じゃない」

　いつもの冗談めいた毒舌が、妙に胸へ突き刺さる。

　自分よりもどこのだれとも知れないあやしい女を選んだことが悔しくてたまらなかった。

「士くんはいつもそうやってわたしを馬鹿にします！　それなんなんですか？　わたしが喜んでるとでも思ってるんですか。他の人は優しくしてくれるのに士くんだけはわたしを認めてくれない」

「認めてる。子犬みたいに吠《ほ》えたててかわいいぞ」

士はまた冗談めかして言う。

「わたしはもっとわたしを必要としてくれる人のところへ行きます」

夏海は士に背を向けて玄関へ歩いた。

扉の閉まる音がうるさく響いた。

士は追いかけようと一歩足を踏みだして止めた。女の妖気を帯びた目が士の自由を奪うのだった。

「適当に座ってくれ」

女の正面に腰を下ろしキャンバスと向きあう。

白いキャンバスに一筋線を入れると、それからはとり憑《つ》かれたように筆が動いた。


下絵が完成するころにはもう陽が傾きかけていた。

言葉ひとつ交わさず何時間も絵を描き続けていたことに、いまようやく気づく。

夢から覚めた気分だった。

女が頬杖《ほおづえ》をついて座っている絵の下描きが、いつの間にか出来ている。

どうやってこれを描いたのか自分でもはっきりとしない。

女のほの暗い美貌にからめとられているうち、瞬く間に時が過ぎた。

その間の記憶は曖昧模糊《あいまいもこ》としている。催眠術にでもかけられたようだった。

「今日はこれで終わりにする。長い時間悪かったな。なにか飲むか」

女は黙ってあさってのほうを向いている。

思えば彼女の名前すら知らない。

出会い頭に突飛な誘い文句を言ったきり一度も口を開かない。反応も異様に薄い。

ひょっとすると言葉がわからないのだろうか。日本人離れした顔をしているし外国人なのかもしれない。

そういえば発音もぎこちなかった気がしないでもない。

「俺の言っていることがわかるか」

女は軋《きし》んだ音が立ちそうな動きで首を士へ向ける。

立ちあがり士の両肩をつかむ。

その力は意外に強く思わず声をあげそうになるほどだった。

そして士を壁に押しつけると女はやはり近すぎる距離で言った。

「わたしが欲しいか」

今度は発音のおかしさがよくわかった。明らかに別の言語を操る者の発音だった。

女は感情の見えない三白眼で士に迫る。

「できれば明日も来てくれないか。この俺の卓越した才能を使わずにいるのは罪だからな」

さりげないそぶりで女の腕から逃げた。

財布から適当に札を抜きだす。

「今日のギャラだ。肉でも食ってもっと太れ。絵のモデルは少し太いほうが描きごたえがあるらしい」

女は渡された金を一瞥《いちべつ》すると床へ落とした。

明らかに欲しているものと違うという意思表示だった。

「なんだ、違うものがいいのか？　ほかにやれるような物はないんだが。そういやおまえの名前も聞いてないな」

返答はない。

相変わらず完璧に美しい生気のない顔をぴくりとも動かそうとしない。

この女が金を使い肉を食べ消化するのはたしかに想像するのが難しい。士はほかにやれるものを探しながら思った。

机の上の百合の花が目にとまる。

白い花びらの奥に吹いた花粉と、黒の斑点模様がちょっと怖いような魅力を誇っている。

それを花瓶から抜いて茎を短く切った。

「百合の花と並んで負けないのはおまえくらいだ。これはギャラの代わりに持っていけ。名前を教えたくないならいい。勝手にユリと呼ぶ」

女の髪に花を刺すとよく似合った。

黒ずくめの格好の中で白い百合は灯火《ともしび》の役割になり、女の美貌がますます輝くようだった。

「……また来る」

女は花をつけたまま士の家をあとにした。


夏海は行くあてもなく街を歩いていた。

勢いにまかせて家を出たものの、簡単に仮面ライダーを探しだせるはずもない。

とくにこの世界のライダーは未確認生命体四号と呼ばれ敵か味方か議論がなされているようだった。

他の未確認生命体から人間を守ったのだから正義のヒーローだという意見と、なにをしようと危険な人外であることに変わりないという意見が対立し紙面を賑《にぎ》わせている。

四時間さまよい歩いて得られた情報はそれだけだ。

時計はもう六時過ぎを指している。陽も暮れてきた。

ショーウィンドウに並んだケーキを見てお腹が鳴った。

とっさに自分と士の分の二つを選ぼうとして静まりかけていた怒りがよみがえる。

夏海よりもいきなり出てきた不審者が選ばれたということは、士にとって夏海は世界一どうでもいい人物なのだという妄想にまで発展しかけていた。

自分が魅力の欠片もない欠陥品のように思えて悲しくなる。

あの女の眉ひとつ動かさない憮然《ぶぜん》とした態度も苛立ちを助長させた。

二人はいまごろどうしているだろう。非常識な女がとんでもないことをやらかして士が困っているといい。

そしてモデルに自分を選ばなかったことを後悔しているといい。

夏海はそこまで考えてから、ふともうひとつの可能性にたどりついた。

もしも二人が妙な関係になっていたら？

想像するだけで胸が締めつけられるように苦しくなった。

その可能性を頭から追いだそうとして歩調を早める。

けれど一瞬浮かんだ二人の抱きあう光景は忘れようとすればするほどまとわりつく。

夏海はため息をついた。

やっぱりケーキを二つ買って帰ろう。べつに士が気になるのではない。もう疲れたしちょうど帰ろうと思っていたところだったのだ。

そう言い聞かせてケーキショップへ戻りかけたときだった。

すぐ隣で悲鳴が聞こえた。周りの人々が息を飲む気配がする。

「うわあああっ」

広げた羽は二メートルもあろうかという巨大な蝶が、夏海の側に立っていた。

人の形に近い、全身が黒でつぶされた体はいかにも冷たく硬そうにてらてらと光る。

そこに同じく黒い羽が生えている。

揚羽蝶《あげはちょう》を思わせる羽から黄金色の鱗粉《りんぷん》が飛ぶ。

怪人のもっとも近くにいた男にその鱗粉が付着する。

爆発音とともに、男だった肉片が夏海の手に付着した。

張りつめた沈黙の後、一人の叫びを皮切りにパニックが巻き起こる。

夏海も人の波に乗って走りだす。

敵は動かない。

しかし鱗粉が風もないのに追ってくる。

そこかしこで爆発の音が頻発する。鱗粉に追いつかれたのだ。

あっという間に平和な日常は壊れ惨劇が幕を上げる。灰色のコンクリートは赤く染まり血臭が立ちこめる。

夏海の横を走っていた男が鱗粉に捕まり吹き飛んだ。

その爆発の勢いで夏海は転んだ。
金の鱗粉が迫る。逃げられないと目を瞑《つぶ》る。
「変身！」
どこかで声がした。
土が助けに来た。そう思って開けた目に映ったのはディケイドではなかった。
クワガタ虫を思わせる丸みを帯びた角のある赤い戦士だ。
未確認生命体四号の名で呼ばれるこの世界の仮面ライダーだった。
四号は夏海を捕らえかけた鱗粉を剣でなぎ払い、一気に怪人との距離をつめる。
剣を振り下ろす。怪人は空へ飛んで逃げる。
四号は赤から青へ身体の色を変え、超人的な脚力で高く舞い上がった。
しかし怪物の口から伸びてきた細い触手にからめ捕られ自由を失う。
ぐるぐると空中で振り回され、地面に叩きつけられた。
重い地響きが夏海に伝わる。
「大丈夫ですか⁉」
夏海は四号に駆け寄った。
四号はすぐに起き上がり大丈夫という意思を表して親指を上げた。
蝶型の怪人はすでに消えていた。

風が吹くと濃い血臭に混じって甘い花の匂いがした。


ユリが帰ってから数十分後、アトリエのチャイムが鳴った。

士が玄関扉を開けると夏海が蒼白な顔をして立っていた。

隣には赤いチェックのシャツを着た男がいる。

「もしかして、君が門矢士？　仮面ライダーディ……ディ……ディケンズの」

「ディケイドだ。だれだおまえは」

「そうそうディケイドね。いやーうれしいなあ。俺以外の仮面ライダーに会ったのは初めてだよ。やっぱオーラあるなあー。目からビーム出たり腕がロケットになったりするんすか？」

男は興味津々といったふうに士の周りを一周した。

笑うと瞼が重くなり目がなくなる。よれたシャツと細身の体がどことなくちゃらんぽらんな感じの、人懐こそうな男だ。

「この方は未確認生命体四号さんですよ」

夏海が疲れた声で言う。

「なにがあった。顔が真っ青だぞ。とにかく中に入れ」

三人はアトリエの机を囲んだ。

背もたれのない椅子に座っていることすら怠そうな夏海の様子は、いつもが口うるさいほど活発な分よけいに哀れな感じがする。

「人がいっぱい死んだんです。さっきまで普通に道を歩いてた人が、風船が弾けるみたいに爆発して。どんどん血が広がって、怖かった……。わたしだれも助けてあげられなかったんです」

椅子の上で三角座りをして自分の体を抱きしめる。

「当たり前だ。俺と旅をしていてもナツミカンはただの女なんだからな。自分を守れただけ立派だ」

「なんですか、いつもは女の子扱いしてくれないくせに」

夏海はちょっと恨めしそうに笑った。

「それでおまえが出てくるわけか」

「申し遅れました。俺こういうもんです」

男は名刺を士に差しだした。

名刺には二〇〇〇の技を持つ男、五代雄介《ごだいゆうすけ》とある。

「二〇〇〇の技？」

「先生と約束したんです。かならず二〇〇〇年までに二〇〇〇の技を会得するって。そんでクウガへの変身が二〇〇〇番めの技。あ、クウガって俺が変身した姿のことね。未確認生命体四号なんて呼ばれてるけど、それじゃ味気ないし」

チェックのシャツを脱ぎTシャツの背を見せる。

そこにはクワガタ虫を極端にデフォルメ化したマークが印刷されている。

雄介は得意げに言った。

「これクウガTシャツ。かっこいいでしょ」

「おまえ変なやつだな」

「えっ、そうかなあ。それよりいろいろ聞きたいことがあるんすよ。俺たちって腹にベルト埋まってるじゃないすか。俺は腹弱くて毎年冬はカイロ貼るんだけど、大丈夫すかね。あっためたら壊れちゃうなんてことないか、いまから不安で」

「知るか。俺の腹にはそんな妙なもん入ってない。で、この世界はどうなってる。夏海はなにに襲われた」

「ベルト入ってないの？　いいなあ、最近便秘ぎみなのやっぱベルトのせいなのかな」

雄介は首を傾げながら腹をさする。

深刻さの感じられないしぐさに士はせっかちな視線をぶつける。

「ああ、彼女を襲ったのはグロンギ。新聞やテレビなんかでは未確認生命体って言われてるけど、俺の周りの人はそう呼んでる」

「揚羽蝶みたいな姿をしていましたね」

雄介は立ちあがって窓に寄った。遠くを指さす。

「あそこの山、見えますか」

晴れわたった空の中で鷹《たか》が力強く翼をはためかせている。

その下には長野の連なった山々が見える。

「あの山で遺跡発掘のチームが全滅する事件が起きてからグロンギはあらわれた。やつらはたいていがコウモリとかハチとか、なんらかの生物の特徴を持ってる」

「巨大化した生物が人類を襲うね。映画にするならもう一捻《ひとひね》り必要だ。目的は地球征服じゃないだろうな。いまどきそれじゃあ客が入らない」

「目的がなんなのかはいまいちよくわかんないんすよね。ただグロンギはゲゲルっていうゲームで人を殺してる。決められたルールの中でしか殺さない。たとえば一定の条件を備えた人とか、ある区域の中だけとか、そんな感じの」

「ずいぶんめんどうなことをするやつらだな。そんなことをするということはやつらには独自の文化があるんだろう」

「文化？　難しいことはわかんないけど、グロンギ同士にしか通じない言葉はしゃべってる。グロンギは普段人間の姿になって潜伏してるけど言葉を聞けば判断できる。まあ中には人間の言葉をしゃべれるのもいるみたいだけど」

「そのゲゲルのルールはもう解明されてるんですか」

夏海が問う。

「今回はまだなんだ。たしかなのは若いきれいな女の人がグロンギに変わるのを見たっていう情報がたくさん届いてることくらい」

若いきれいな女の人。

それを聞くと夏海はまず例の女を思った。

「きれいな女の人……士くん、ここにあった百合の花はどうしたんですか？」

「あの女にやった。モデルのギャラ代わりだ」

グロンギが去ったあとに匂った甘い香りがよみがえる。

あれは百合の花の匂いだったと確信した。

しかしそれを告げるより先に夏海は裏返しになったキャンバスを発見してしまった。

ひっくり返すといま夏海が座っている席で頬杖をついている女が描かれている。

その絵を見たとたん、士が極悪人のように思えて彼を責めたい気持ちがこみ上げてきた。

「本当にモデルになってもらったんですね。わたしが怖い思いをして殺されかかってる間、士くんはいやらしい目であの人のこと見てたんですね！」

「俺はただ絵を描いていただけだ。ナツミカンが妄想してるようなことはない。そもそも勝手に一人で出ていくから怖い目にあうんだ。嫌ならおとなしく俺と居ろ」

「よくそんなこと言えますね。士くんのせいで死ぬかもしれなかったのに、罪悪感のひとつもないんですか。もっと自分を苦しめてほしいです」

「苦しめてほしい、ね。嫌われたもんだ」

士はあきれたように嘆息する。

「だって、嫌って言ったじゃないですか。あの人をモデルにするの……」

「まあまあ喧嘩はそれくらいにして。大丈夫だからさ」

士の眼前に雄介のにやけ顔が広がる。

飄々《ひょうひょう》とした口調と力の抜けた表情が癇に障る。

なにが大丈夫なんだと士は内心舌うちした。

「五代とかいったな。おまえは未確認生命体四号と世間では呼ばれている。そしてグロンギも未確認生命体と扱われている。つまりおまえはグロンギと同類ってことにされてるんだ。そんな屈辱を受けながらなぜ戦う」

「みんなの笑顔を守るためだよ。俺はそのためならどんなことでもする」

「嘘だ。そんな幼稚な理由で命を懸けられるはずがない」

「俺って幼稚なのかなあ。言われてみれば思い当たる節あるかも。いまだに押し入れに隙《すき》間《ま》が空いてると怖いし。隙間ばばあって知ってます？」

雄介は押し入れや箪笥《たんす》をきっちり閉めないと隙間からこちらを覗いてくるという隙間ば

ばあの恐ろしさを語りはじめた。

士は露骨にしらけきった顔をして足を組んだ。


翌日ユリは再び姿をあらわした。

士と夏海をちょっと見ただけで、ひとこともしゃべろうとしない。士の絵と同じ頬杖をつくポーズを黙ってとっている。

ユリは昨日と同じ黒ずくめの格好をしていた。

暑い外を歩いてきたはずにもかかわらず蠟に似た濁りのあるのっぺりと均一な白さの皮膚は汗ひとつかいていない。

触れたときの温もりを考えられないその肌質や、人間が備えているべき社会性というものがすっぽり抜け落ちたような振る舞いは夏海の疑いをさらに深める。

夏海はユリに聞かれないよう士をキッチンへ連れてきて、小声で言った。

グロンギに襲われたとき、百合の匂いがしたこと。

士が昨日彼女に百合をあげたこと。

つまり彼女が夏海を襲ったグロンギかもしれないという疑惑を打ち明けた。

「これまで俺が一度でも間違ったことがあったか。ユリは人間だ」

「ユリ？　ユリってあの人のことですか」

「ああ。俺がつけてやったんだ。名前を教えてくれないから」

そう言う士の顔つきは、別世界の力強い士ではなく現実世界の暗いそれだった。

怪人のかぶった人間の皮という虚構を求める滑稽に夏海は失望した。

「あの人は存在しない人なんですよ。グロンギの仮の姿でしかないんです。そんなものに名前なんかつけちゃって馬鹿みたい」

まだ本調子でない夏海はよろめきながら寝室へ向かった。

士は水入れを用意して机の上に散らばった絵の具をかき集めた。

銀色のチューブから適当に色を出しパレットを埋める。

この絵は水彩画にする予定だった。

淡い青色を基調とした美しい、繊細な絵にするつもりだ。

ユリと向かいあって座りキャンバスを抱える。

彼女を見つめながら筆をいったん動かしはじめると、昨日と同じく腕が勝手に作業を進める。

ユリはそこに居る。

その美貌にふさわしい、なにがどうなってもいいとでも言いたげな傲慢で退屈な眼。

いかなる食べ物も似合わない清らかな口元。

ユリのまとう黒に頭が侵食されて意識が混濁する。

体が浮いているような心地よさに包まれる。

胸の片隅で小さく叫ぶ声がする。

こんなのは俺じゃない。全人類がこの偽りの美に惑わされても、俺だけは騙されないのが別世界における理想の自分だ。いったい俺はどうしたんだ。

しかし平常な士のその声は尻すぼみに消えていった。

深い闇を抱えた現実の士がユリという幻を求めてしまうのだった。

意志を持ったように動き続けていた腕が止まった。

キャンバスに描かれたものを見て士は息を飲んだ。

美しい女が頬杖をついた淡い水彩画はどこにもない。

アトリエへ来て最初に見た、胎児の絵だ。赤黒く塗りつぶされた中心に、下半身がミミズのようになった未完成の胎児が丸まっている。

それとまったく同じものがユリを描くはずだったキャンバスに描かれている。

これを無意識のうちに描いた自分が信じられなかった。

その絵のあまりの禍々しさに士は自分で自分が恐ろしくなった。自覚していた以上の弱さや暗い感情がとぐろを巻いて息を吐くようだった。

「わたしが欲しいか」

ユリはまたおかしな発音で士に迫る。

士はキャンバスを見られないよう裏返しに置いた。

「外へ出よう。俺じゃなくユリの欲しいものを教えてくれ」

ちらつく現実の自分の姿から目を背けるため、士はアトリエから脱出した。


少し歩くと商店街に着いた。

アーケードの張り巡らされた商店街は街一番の活気を見せている。

食品、服、雑貨などの小洒落た店の隣にペンキの剝がれた床屋が並ぶ。

雑多な軒並みと人混みは士の頭を冷やした。

さっきの出来事は白昼夢かなにかだったように思え、ユリも感情の薄いだけのただの人間に違いないと思った。

自分の掌を見て、俺は俺だと言い聞かせた。

「みんながユリを振り返る」

士は黙ってあとをついてくるユリに話しかけた。

すれ違う人はだれもがユリを見る。

こうして人混みの中にいるとたしかにユリの美しさはひときわ目立つ。

しかしその顔や体の美しさに気づかないうちは、不気味な影が蠢いているように見える。

ユリを見る人のほとんどは惚《ほ》れ惚《ぼ》れするというよりぎょっとした驚きの表情を浮かべている。

「ユリは普通じゃない。女のくせにうるさくないし愛想笑いのひとつもない。そこがいいところだ」

ユリは陰の差した目で士を見つめる。

「さあ、なんでも欲しいものを選べ。ギャラが花だけじゃ俺の格好がつかない」

「わたしに欲しいものなんてない。わたしは欲されるだけ」

珍しくユリはまともに返事をした。

しゃべらないとだんだん話をしている相手がそこに実在しているのか不安になってくるので士はほっとした。

「それじゃつまらない。欲しいものがないなら見つけに行こう」

「おまえも普通じゃない。そんなことを言う人間はいなかった」

「当たり前だ。なんたって俺は」

そこで言葉につまった。胎児の絵が頭をよぎる。

「この中から選んだらどうだ。ユリは洒落っけがなさすぎる」

士は途切れた言葉をごまかすために、ジュエリーショップへ駆け寄った。

カラフルな衣服。ファンタジックなウサギの置物。はやりの曲をオルゴールにしたBGM。女性店員の鼻に掛かった声と、あちこちで起こる「かわいい」の歓声を聞きながら士はユリがこの小さな社会になじむことは永遠にないだろうと思った。

士はユリの試着が終わるのを待っていた。

あれから商店街の隅から隅まであらゆる種類の店を巡った。

しかしなにを勧められてもユリは欲しがるそぶりを見せない。

あきらめかけたとき目に入ったのが、ここの店先に飾ってある白いワンピースだった。

シンプルながら華のあるデザインのそれはユリに似合いそうだった。

もともと彼女の黒ずくめの服装を不自然に思っていた士は、半ば強引に試着室へユリを押しこんだ。

現実味のない話だがユリはあの黒ずくめ以外のものを着たことがないように思われた。まるで肌の一部のように黒い服はなじんでいた。だからこそ百八十度違った白いワンピースを着た姿を彼女自身に見せてやりたかった。

「男性お一人様でのご入店は気味が悪いのでお断りさせていただいております」

突然声をかけられた。

顔を上げると海東が隣に立っている。

「それはおまえだろう。いつも俺の前にあらわれるが、俺のストーカーか？」

「おっ、士にしては冴《さ》えてるね。当たりだよ。電王の世界では邪魔が入って目的が達成できなかったのでね。今度こそ協力してもらう」

「電王の世界で人に攻撃しておいて、協力しろだなんてよく言えるな。もうおまえとは絶対に組まない」

「そうかい。組もうと組むまいとどっちでもいいけどさ。士は不穏分子なんだよ。だから消えてほしいんだ」

「なんだそれは。鳴滝が言っていたこととなにか関係があるのか」

破壊者ディケイドは世界を崩壊させる存在だ。

鳴滝の預言めいた台詞がよみがえる。

試着室のカーテンが開いた。

白いワンピースを着たユリが姿をあらわすと店内がざわめき立つ。

その中で海東だけが種類の違う策士の顔をしている。

「これは美しい。あんまり美しくて作りものかと思ってしまったよ。いや、やっぱり作りものだね。人形に洋服なんか着せて恥ずかしくないのかい」

「なにが言いたい」

「安心してくれたまえ。これ以上ないほどにお似合いな二人だ。空虚な者同士惹かれあうのは当然だとも」

謎の台詞を残して海東は店から消えた。

「気にするな。あれは頭がおかしいんだ」

ユリは試着室の鏡を不思議そうに眺めている。

鏡に映っているのがだれなのかわからないというように首を傾げる。

「変ではないか？」

元の服装を見慣れた士には白いワンピースのユリはちょっと不格好に映った。

翳《かげ》りのあるシックな感じの顔に明るい色はなじまず浮いている。

「何色でも似合うに決まってる。ユリはだれもが羨む容姿をしてるんだ。それをもっと自覚して楽しめ。存在しているだけで価値のあるやつなんかめったにいるもんじゃない」

「……やっぱりおまえ、普通じゃない」

素っ気ない声が、初めて震えた気がした。

会計をしている間、ユリにまんざらでない顔をさせたことが士はうれしかった。

もっとユリを喜ばせたい。

彼女の薄い感情を自らの手で発育させてみたい。

そのための計画が次々浮かんでくる。

一瞬夏海のはつらつとした笑顔がよみがえったが、すぐに消えてしまった。現実を忘れようとすればするほど、士の心はユリに溺れていく。

次はどこへ行こうか。会計がすみ背後にいるユリへ尋ねる。

しかし返事はない。

振り返るとユリは消えていた。

店外からすさまじい悲鳴が届く。

士はあわてて飛びだし悲鳴のした方向へ走った。

すでにコンクリートは血の海と化し、数人分の肉片が飛び散っていた。

惨劇の中央に、黒蝶《くろちょう》のグロンギが佇《たたず》んでいる。

そこから発生する金の鱗粉から逃げ惑う人の波が士のほうへ押し寄せる。

「変身」

ディケイドライバーを発動させ変身すると、士の体を硬いマゼンタ色の皮膚が覆う。

仮面ライダーディケイドとなった士はひとっ飛びで人の波を乗り越えグロンギと対峙《たいじ》した。

グロンギは羽を広げ宙へ逃げる。

すばやく電王のカードを使用しカメンライドする。

ディケイドから電王へと姿を変え、ウラタロスの釣り竿を模した武器で空中のグロンギを捕らえる。

地面へ叩きつけられたグロンギは鈍い悲鳴をあげる。

一気に引き寄せ攻撃を繰りだそうとするが、いつの間にか背後に迫っていた鱗粉に気づいた。

それから逃げるべく武器を捨てジャンプした。

自由を取り戻したグロンギは空中の士を追って再び飛翔《ひしょう》する。

羽のない士は空中で身動きを取ることができない。

黒い手に首をつかまれそうになったとき、超高速でやってきたなにかにひっぱられた。

「大丈夫っすか、門矢さん」

クウガだった。

優れた脚力を誇る青のクウガが、士をグロンギの手から助けたのだった。

「ああ。当然だ」

「俺がやつをここまで引きずり落とします。そこで門矢さんは止めを刺してください」

雄介は空中に留まっているグロンギを見上げて言った。

「まかせろ」

返事を聞くと雄介は親指を上げた。

掛け声とともにはるか上空へ猛スピードでジャンプする。

そしてグロンギの足をつかみ急下降する。

地面へ戻されたグロンギの顔に、士は重い一撃をくらわせた。

たしかなダメージを見て取りファイナルアタックライドのカードを手にする。

そのときだった。

サイレンを鳴らしたパトカーが数台ディケイドたちを囲んだ。

「未確認生命体ども！　おまえらはここで射殺する」

「やめろ、警察の手に負えるもんじゃない」

警察は士の制止を聞かず、いっせいに発砲をする。

生身の人間よりもはるかに強化された肉体を持つクウガとディケイドには致命傷にならないものの、衝撃でよろける。

その隙にグロンギは逃げてしまった。

残された二人も銃弾の嵐から脱出した。

赤い電灯がいたずらに不安を煽《あお》る暗いトンネルに人通りはほとんどなく、小さな咳払《せきばら》いすらも響きわたって聞こえる。

そこにズ、ズ、となにかを引きずるような不気味な音がこだまする。

重傷を負ったグロンギが殴られた左頬を押さえ歩いていた。

「やあ。盛大にやられたね。よりによって君のいちばん大切な顔をさ」

突如声をかけられ、グロンギは身を強ばらせた。

グロンギの前にあらわれたのは海東だった。

手で銃の形をしたディエンドライバーをくるくるともてあそびながらグロンギに近寄る。

「僕の夢を聞いてくれるかい」

前からやってきた海東はグロンギを通り過ぎた数歩先で止まる。

「あまたある世界を総合し、新しい世界を創り上げる。その偉大な事業の一角を担うことだよ」

グロンギの荒い息遣いがうるさいほどに反響する。

「だからこんなのはいらないんだよ、本当はね」

海東の手にある物を見て、グロンギの呼吸が一瞬止まった。

それは棘《とげ》のようなものがいくつかついた腕輪だった。

グロンギの横を通った瞬間、海東が目にも止まらぬ早さで奪い取っていたものだった。

「これが君たちにとってどんなに大切なものか知っているよ。これがなくちゃ殺人ゲーム、ゲゲルができない。殺した人数を数える道具なんだっけ？　なくしたとなったら責任重大だね」

「カエセ」

渾身《こんしん》の力で腕を伸ばすグロンギを嘲笑うようにかわす海東。

「返してほしければディケイドを始末してくれたまえ。君の顔を殴ったやつだ。一石二鳥だろう」

海東は腕輪を自分の腕にはめてそう言い放った。

それきり振り返ることもせずトンネルを抜けていく彼を、手負いのグロンギは黙って見ていることしかできない。

「ディケイド……」

グロンギの憎しみの籠った声がかすかに海東へ届いた。


アトリエには重い空気が立ちこめていた。

夏海と士は互いに視線を逸らして口をつぐみ、雄介だけがなにも感じ取っていない様子で壁に掛かった絵を眺めている。

警察から逃れた二人はアトリエに帰った。

ニュース速報でグロンギとの戦いを知っていた夏海は士と雄介を見るとほっとため息をついた。

銃で撃たれた体は傷こそなかったものの打撲のような不快感が残り、濡れタオルで患部を冷やした。

空を飛べるグロンギへの対抗策を下手な図を用いながら雄介が考えているところに、それはやってきた。

左頬に無惨な傷を負ったユリだった。

その傷の位置は士がグロンギに放った攻撃とちょうど同じ箇所だった。

ユリは玄関口で力尽き倒れた。

彼女の保護を夏海はもちろん反対した。

ユリがグロンギであることはもはや疑いようがない。

しかし士はユリを迎え入れ、ベッドへ寝かせたのだった。

「士くんはどうかしてます。あのグロンギの術にかかってるんです。早く目を覚ましてください」

重い沈黙を破って夏海がつぶやく。

「そうかもしれない。本当の俺はナツミカンが思ってるよりもずっと弱い人間なんだ。陰湿で自分の殻に閉じこもっているような」

「士くんは救世主なんです！」

夏海は大声を張りあげた。

「士くんに限ってそんなこと有り得ません。士くんは強くて、性格はムカつくけどいつだって正しかったじゃないですか」

士は苦しかった。

雄介が伏せたままになっていたキャンバスをひっくり返す。

自分の中に、あの嫌な胎児が眠っている。

夏海が必死に守ろうとする別世界の門矢士像をもう叶えてやれない気がした。

ピピピ、と電子音が鳴った。

雄介が携帯を取りだし耳に当てる。
二、三相づちを打って通話を終え、士のほうへ向き直る。
「ゲゲルのルールが目撃者の証言から解明されましたよ。美人な女性の姿で男にわたしが欲しいかと問い、相手がうなずくとグロンギに姿を変える」

士は初めてユリの言葉の意味を理解し、汗がにじんだ。

「五代雄介、おまえはどう思う。グロンギをかばうのは愚かなことか」

顎に手を当て、雄介はしばらくうーんと唸った。

「べつにいいんじゃないすかね、かばっても。グロンギだってなんだって、守りたいものは守らなきゃいけないでしょ」

士の眼前に雄介の親指がいっぱいに広がる。距離が近すぎてぼやけて見える。

「これ、自分の行いに納得してる者だけがやっていいポーズだって俺の尊敬する先生に教えてもらった。俺はこのポーズをいつもしていたい。士さんもこれ、真似していいっすよ」

士は自分の掌を見つめた。そして拳をつくり、親指を一本上げた。

寝室のドアをノックして士は中へ入った。

寝ていたユリが上半身を起こす。

顔の左半分は青黒く変色し、唇は腫れ上がり瞼は一重になっている。右側が完璧に美しいままである分、よけいに痛々しい。

「わたしは醜い」

ユリの単純な言葉が突き刺さる。

士はベッドの上に座った。

「それでもユリは特別だ。俺はユリを喜ばせるためならすべてを捨てていいとさえ思った。というか、捨てたかったんだろうな。いくら別世界で強い男になりきっても、現実の自分はどこまでもついてくる。だがもう逃げない。ユリを現実逃避の道具にするのは嫌だ」

「意味がわからない」

そう言いつつもユリはワンピースを握りしめる。

白だったワンピースは血でところどころ赤く汚れ、すりきれている。

「おまえはなぜわたしを欲しがらない。他の人間はみなわたしの美に逆らえなかった」

「いまなら違うかもしれないぞ。言わないのか？　あの台詞を」

二人は見つめあった。

ユリの腫れ上がった左目が恨めしげな光を帯びて士を捉える。

「わたしが欲しいか」

「ああ。欲しい」

その返答を聞くとユリは苦しそうに眉間に皺《しわ》を寄せ、唇を震わせた。

ワンピースを握る手にいっそう力が入り元から白い手がさらに血の気を失う。

苦悶《くもん》の表情だった。

いつもの無感情な顔つきからは想像もできない、色濃く苦痛の浮かんだ表情だった。

長い時間の中で何度も荒い呼吸をくり返したあと、ユリは立ちあがった。

ユリの体がゆっくりと黒に侵され、蝶に似た羽が生えグロンギとなった。

黒に全面をつぶされた異形の目で、ユリはまだ士を見つめた。

徐々にその腕が士の首へ伸びていく。

士は身じろぎひとつしない。

士の首に触れると、ユリは腕をすばやく引っこめた。

そしてグロンギの姿のまま部屋を出てアトリエからも消えた。


駅前の広場には小さい時計塔がある。

あちこちペンキの剝がれた赤茶色のそれは大正時代から伝わるこの街のシンボルだった。

細い針が十二を指し、ぼーんぼーんと低い声を出す。

なにも知らずに聞くと心臓が飛び跳ねるくらい大きな音だったが、行き交う人々は慣れているらしく注意を払う者はいない。

地面をつついている鳩すら見向きもせず作業を続けている。

グロンギによる被害がいくら出ようとも、この街の活気はそのままだった。

忙しそうにおびただしい数の人々が足を動かしている。

ユリは時計塔の下のベンチに座っている。

グロンギであるユリはいま目の前を歩いている人々をためらいもなく殺せる。

しかしあの人間の男、士は殺せなかった。

その理由をユリは自分でも解らずにいる。

人間という指の先でつつけば死んでしまうような生物はユリにとってゲゲルの駒でしかなかった。

生きていても死んでいても同じ、矮小《わいしょう》な存在。

とくにユリを欲する人間は愚かしい。

ユリの美しい人間の姿はグロンギの仮面であり、本当は実在しないもの。

虚無を欲する人間はこの世に生を見いだせない愚か者。

ユリは本能的にその種の人間を判別できた。

そして彼らにわたしが欲しいかという問いを投げかけ、肯定されれば本性をあらわして虐殺する。

それがユリの定めたゲゲルのルールだった。

ゲゲルに成功すればグロンギの社会で昇格される。

グロンギにとってゲゲルはゲームであり、仕事なのだ。

ユリのゲゲルは順調だった。

声をかけた男は一瞬でユリの美貌に落ちた。

しかし士だけは別だった。

最初に例の問いをかけたとき、士はこともあろうに笑っていた。

それは実のところ夏海に押された笑いのツボのせいだったが、なにも知らないユリには衝撃だった。

そして士はユリが着たことのない白い服を贈り、ユリを普通と違うと言った。

階級社会の歯車である一介のグロンギから、自分ひとつで価値のある存在へと変われる気がした。

芽生えたその夢はどんどん膨らんでいく。士なら叶えてくれるかもしれない。

ユリは士にもう一度会いに行くことにした。

自分の思いを伝えたかった。

しかしその前に腕輪を取り戻さなければならない。

腕輪を奪われたと他のグロンギに知られたら酷い目にあうに違いない。

それにはディケイドを倒さなければならない。

顔面の左半分が疼《うず》き、ディケイドへの憎しみがわく。

ユリの擬似餌である顔をめちゃくちゃにしたディケイドは絶対に許せない。

「君、なにしてるの？　暇ならどっか行こうよ」

下を向いているユリに一人の男が声をかける。

ちょうどいい、ユリは心の中でつぶやく。
ディケイドを誘《おび》きだすには人間を襲うのが一番だ。
「わたしが欲しいか」
傷を手で隠しユリは問う。
軽薄そうな笑いを浮かべていた男はすぐに呆《ほう》けた顔になり、首を縦に振った。
ユリの皮が破れ真実の姿が明らかになる。
死の鱗粉が放出され、腰を抜かした男を破壊した。
周囲の人間はいっせいに叫び声をあげる。
混乱に陥り押しあいへしあいする彼らを次々と肉片に変えていく。
見慣れた光景だ。
相変わらずユリはなにも感じない。
ただ自分に課せられたことをこなすだけの単純作業。
頭や腕が吹き飛び赤い血がユリにかかる。
幾人もの血でユリの全身がてらてらと輝きはじめたころ。彼はあらわれた。
「ディケイド」
殺意をこめてユリはその名を呼ぶ。
ディケイドの隣にはクウガも構えている。

右手を伸ばし鱗粉を飛ばした。

かなりのスピードに乗って鱗粉はディケイドへ向かったが、ディケイドはあっさりと避ける。

すかさずユリは口から触手を伸ばしディケイドを捕らえる。

そのまま八つ裂きにしてしまおうときつく締めつける。

ディケイドの体がみしみしと音をたてるのが、触手越しに聞こえる。

さらに力をこめようとしたとき、赤のクウガが剣で触手を分断した。

「うぐっ」

焼けるような痛みがユリを襲う。

その隙を見逃さず、ディケイドはファイナルフォームライドのカードを取った。

「ちょっとくすぐったいぞ」

クウガの背にディケイドの手が入りこむ。

戸惑っている間にクウガの体は宙へ浮き、腕や足、胴が変形していく。

クウガは先端の尖《とが》った巨大なクワガタムシ、装甲機ゴウラムに姿を変えた。

ディケイドはその上に乗り、恐るべき速さでユリに向かってくる。

避けられない。

ユリがそう判断するのとほぼ同時、ディケイドは敵を破壊した。

激しい衝突に轟音《ごうおん》が鳴り、ユリは自分の世界の光が消えていくのを感じた。


地面に横たわったユリの体を、士は抱き上げた。

二人はすでに人間の姿へ戻っている。

多量の血を流すユリの皮膚はますます白さに磨きがかかり、傷を負っていない片側の顔は王子を待つ眠り姫のようにはかない。

しかし腫れ上がったもう半分は青紫色の斑点が浮かび、おぞましい怪物にしか見えない。

「そうか。おまえがディケイドだったのか……」

ユリは目を細く開けた。

ぼやけた士の姿が映る。

「ユリ」

彼の口がそう動いたように見えた。

ユリ。

グロンギでも未確認生命体でもない、自分だけの名前。自分だけの価値。

その名を心の中で反芻《はんすう》するとユリは安らかな気持ちになれた。

わたしはユリだ。かすれた声でつぶやき、目を閉じた。士は苦々しく唇を噛《か》んだ。

腕の中の体が完全に運動停止するのを確認して、士は苦々しく唇を噛《か》んだ。

なぜ彼女に惹《ひ》かれたのか理解する。

二人は似た者同士だった。自分というものに疑問を抱いている。

ユリは最後に在るべき姿を見つけた。

俺もいつまでも現実から目を逸らしてはいられない。士は初めてそう思った。

「わたし、この人が嫌いでした。士くんをどこか遠くへ連れていってしまいそうで」

夏海と雄介が士の傍らに立つ。

「でもきれいですね。まるでいい夢を見てるみたいです」

複雑そうに微笑む夏海に暗い影が落ちる。

不審に思い振り返った夏海は小さく叫んだ。

音もなくあらわれた鳴滝が、夏海の背後に寄り添うようにして佇《たたず》んでいた。

「破壊者ディケイドにその女は殺された」

気温にそぐわないロングコートと帽子、目を見開き強ばった頰を痙攣《けいれん》させる病的な表情、預言者を自称する鳴滝が宣託《せんたく》を下す。

「世界を旅するのは止めろ。これ以上続ければ世界の崩壊は免れない」

「おまえは何者なんだ。どうして俺を破壊者と呼ぶ」

「私は世界を正しく創造し直す者だ」

それだけ言うと鳴滝の周囲は黒いベールのようなものに覆われた。

士はベールの中の鳴滝に手を伸ばす。それと同時に鳴滝は闇に消えた。

「くそっ」

士に関するなにかを知っているらしい鳴滝は、また謎の警句を残していった。

「見てください。ユリさんが……」

夏海がユリを指し示す。

ユリの足の先が細かな光の粒に変わっていた。

鱗粉に似たその粒は次第に広がり、やがて全身が金に輝いた。

そしてしばらくユリの形を留めたあと、風に乗って霧散した。

「よかったっすね」

雄介がその光景を見て言った。

「よかった、か。この状況でそんなことが言えるとはな。俺は最悪の気分だ」

「いや、これでよかったんすよ」

「おまえはこれからも戦い続けるのか？　クウガを敵として発砲までしたやつらを守るのか」

「もちろん。どんなに迷惑がられても俺はみんなの笑顔を守るっていうやりたいことをやるだけだから」

雄介は親指を上げ、目のなくなるあの笑みをつくってみせる。

士は首にかかったカメラで彼を撮った。

「あの、士くん。今回はごめんなさい。いろいろ酷いことも言っちゃいました」

「たしかに酷い言われようだった。もっと悔やんで苦しめ馬鹿、だっけか。ナツミカンの本心が見えたな」

「馬鹿は言ってません。あれは士くんが全然心配してくれないから、つい」

「わかってる。俺が悪かった」

夏海は初めて耳にする士の謝罪に驚きの表情を浮かべた。

そしてそのまま動かなくなった。隣の雄介もにやけたまま瞬きひとつしない。

このクウガの世界から追いだされる時間である証だ。

士は胸いっぱいにこの世界の空気を吸いこみ、足元が揺らぐのを感じた。

士の世界

深夜二時。

人気のない路地裏で、また吸血鬼事件の新たな犠牲者が出た。

まだだれにも発見されていない、つい先ほどまで平和な日常を享受していた犠牲者の女はミイラのように全身が乾き枯れ果てている。

死体の横にはロングコートに帽子という、季節にそぐわない格好をした男が立っている。

「鳴滝さん」

暗闇からぬっとあらわれた海東に名を呼ばれ、ロングコートの男——鳴滝は振り返った。

「クウガのカードです。使ってください」

ディエンドである海東はディケイドの士と同じくライダーカードを用いて戦う。

ライダーカードは海東や士が別世界へ渡ることで手に入れることができる。

それは一枚一枚に各仮面ライダーのエネルギーが凝縮された特殊なカードだった。

海東は鳴滝にクウガの顔が写ったカードを差しだしている。

鳴滝の手に渡ると、カードはまばゆい光を発した。光は周囲を照らし、海東と鳴滝の顔を明らかにする。

鳴滝は手の上で発光するカードを強く握りしめた。指の間から漏れる光は徐々に弱くなっていく。

鳴滝が掌を開くと、カードはなくなっていた。

鳴滝がライダーカードを構成するライダーエネルギーをその身に吸収したのだった。

「あと少しだ」

エネルギーが全身に回り力がみなぎるのを感じて、鳴滝は恍惚《こうこつ》と目を瞑った。

「あと少しで私に力は満ちる。そうなれば醜い怪人の姿で人を襲い、人間の生命エネルギーなどというものに頼らずとも存在できるようになる」

海東は鳴滝の言葉を聞いて口を開く。

「間違いだらけのいまの世界を壊し、一から正しい世界を創りあげましょう。僕はそのために死ぬ覚悟です」

普段の人を小馬鹿にした態度はおくびにも出さない海東は口元を強ばらせて鳴滝と対峙《たいじ》している。

「死ぬのは最後の一枚、カブトのカードを持ってきてからにしなさい。九枚のカードをそろえなければ、私の偉業は達成できない」

「はい。わかっています」

海東は肯《うなず》いた。

「長かった。生まれた世を厭《いと》い、私の理想郷を求めさまざまな別世界を旅しているうちに、私はいつしか元の自分の世界を忘れてしまった。自分の世界を忘れた者は存在を取り消され実体をなくしてしまう。実体をなくし怪人となった私は、理想郷を求め別世界を旅しているときよりもさらに惨めな思いをしてきた」

「でも、それももう終わりですね」

「そうだ。仮面ライダーのエネルギーの塊であるライダーカードをすべて吸収すれば、私は至高の力を手に入れる。その力で世界を破滅させ、どこにもなかった私の理想郷を創るのだ」

理想郷を創る。鳴滝がそう言うと海東は心酔するように目を細めた。

「僕は鳴滝さんの偉大な計画に尽力することができて光栄ですよ」

二人の会話は夜の闇に溶けていき、だれの耳にも届かない。

鳴滝に襲われ死んだ女の瞳だけが、彼らの狂気を映していた。

「昨日未明、××市の路上で変死体が発見されました。被害者は近くのマンションに住む片岡沙織《かたおかさおり》さん二十九歳会社員の女性。遺体の首筋には獣に嚙まれたような傷があり、体中の水分が著しく枯渇したミイラのような状態で発見されたことから一連の吸血鬼事件と同一犯とみて警察は調べを進めています」

テレビの中では美人アナウンサーが事件の説明を続けている。

士はソファーに深く身を沈めて、美人アナウンサーが数分おきに右肩を震わせる癖をぼんやり眺めている。

被害者の両親が声を震わせて取材に応じる様子に画面は切り替わった。

玄関の鍵を回す音がする。

海東は二階にいるので夏海だろうと思う。

彼らがこの世界にあらわれてから一ヵ月が過ぎようとしている。

その間夏海はまずい料理を作り続け、海東の素性は変わらず謎のままだ。

一ヵ月もすると士はだいぶ口数が多くなった。

毎日まとわりついてくる夏海に、元の感覚を麻痺《まひ》させられてしまったのかもしれない。

この世界に対する漠然とした嫌悪はあるものの、それとまともに向かいあう時間がない。

いつも邪魔されてしまう。

するとあれほど士を支配していた不安や恐れは自然と影をひそめていった。

その変化が夏海と海東によってもたらされたものなのか、ユリの死にあたって現実と向きあおうと決めたせいなのかはわからなかったが、士はこれまでの自分が消えていくようで複雑な気もしていた。

「士くんっ、ニュース見ましたか？」

息を切らした夏海が上がりこむ。

夏海は変わらず吸血鬼事件に興味津々で、士と海東はすっかり捜査員に加えられてしまった。

事件の起こった現場に行ったり聞きこみをしたり。夏海が思いつくことひとつひとつにつきあわされる。

しかし素人が三人集まったところで警察以上の情報を得られるはずもなく、事態はなにも進展していない。

「ああ。ちょうどやってる」

被害者の両親が遺影に向かって話しかけている。

苦しかったねえ、つらかったねえ。もうこれからはなんにもがまんしなくていい。パパとママの隣に沙織がいるのわかってるよ。

感情を押し殺した奥に涙声がにじんで、大声で泣き崩れるよりよほど悲しい。

被害者の片岡沙織は幼いころから病気がちで何度も入退院をくり返し、昨年からようやく病状が安定し念願の社会人となったばかりだったという。

「こんな酷いこと人間のやることじゃありません」

テレビを見ながら夏海が言った。

「馬鹿だな。人間だからこそやるんだ。自分の子どもを殺して調理したのも暇つぶしに五分間で十人以上撃ち殺したのも人間なんだよ」

「でも、でも、人には心があります。この事件には犯人の感情がなにも表れていません。怒りも悲しみも。そう思いませんか」

「心なんてものはない。あるのは脳だけだ」

士がそう言うと夏海は悲しそうに「あるもん」と小さく反論した。

「士くんの好きなものを想像してください。その好きっていう気持ちも心じゃなくて脳の命令だって言うんですか」

「まず好きなものが思いつかない」

夏海はその返事を聞くと殺気の籠《こも》った親指を突きだした。

それは士の首筋をたやすく捕らえる。

たちまち士は腹を抱えて笑いだす。

「はははは、なんで……あはははっ」

「なんか知らないけどムカつきました」

笑いながら士は階段の軋《きし》む音を聞いた。

確認するまでもなく二階から降りてきた海東だ。

「やあおはよう。元気で羨ましいよ。僕は朝から笑い転げるほどの楽しいことがないんでね」

笑いのツボを押されたことは一目瞭然であるのに、海東はわざとからかうようにして言う。楽しそうだの幸せそうだのと言われると反抗したくなる質の士は否定しようとするが、こみ上げる笑いにそれも叶わない。

「おはようございます海東さん。吸血鬼事件の被害者がまた出たんです」

「さっき上で見たよ。酷い事件だ。例の記者に連絡したけど、今回も犯人の手掛かりはゼロ。警察はお手上げらしい」

「やっぱりわたしたちで犯人を捕まえなくちゃ」

この三人だけで犯人が捕まえられると本気で思っている夏海に士はあきれざるを得ない。

そもそもなぜ彼女がこの事件を躍起になって追っているのか、理由もよくわからない。

以前尋ねたときは「そんなの酷い連続殺人事件を止めたいと思うのは当然だ」と一蹴されてしまったが、本当にそんな薄っぺらな正義感でこんな無駄としか思えない捜査ごっこができるものなのか士は疑問だった。

「でもどうするんだい。ここ数日ネットでずいぶん調べたけど勝手な憶測が飛び交ってるだけで有力な情報なんてひとつもない」

「それなんですけど、重要なことを忘れてました。やっぱりこういう事件って、被害者や事件の起こる場所に規則性がある場合が多いんじゃないかって思うんです。被害者が十二星座の順になってるとか、そういうの。だからこれまでに起きた吸血鬼事件を調べ直しましょう」

海東は適当に相づちを打ちながらキッチンへ入る。お湯の沸く音のあと、濃いコーヒーの匂いが士まで届く。海東がこの家に住むようになってから毎朝のことだった。

「さすがに警察もそれくらいのことはもう調べてるんじゃないかな」

「でも、そこから警察にはわからなかったことにたどりつけるかも」

そんなわけないだろう。素人がやってもプロ以上の結果を出せるはずない。

そう言いたかったが士はまだ笑いのツボに苦しめられている。

そろそろ背筋まで痛くなってきた。

笑い続けているとおかしくもないのにおかしくなってくる。

「まあとくにやることもないしね。調べものくらい手伝うよ」

「ずっと気になってたんですけど、海東さんってなにやってる人なんですか？　学生さんじゃないですよね」

「強いて言えばちょっと人には知られたくないことを黙ってる代わりに僕の言うことを聞いてもらう仕事かな」

「そういえば記者さんも秘密握られてるみたいでしたもんね……。そういうの、どこから手に入れるんですか」

海東はわざとらしく唇の前で人差し指をたてる。

「それは企業秘密。まあ僕はいろんな世界を回ってるから、自然と人の秘密を得る機会が多いってだけさ」

「ちょっと怖いですね。海東さんには弱みを握られないようにしなきゃ」

「気をつけたほうがいいよ。すでに握られてるかもしれない」

冗談っぽく海東が言って夏海はえーっと声をあげた。

ようやく笑いのおさまった士は冷蔵庫を開け、オレンジジュースをパックから直接飲んだ。

「こらっ、ちゃんとコップ使ってくださいって言ってるでしょ。直接口をつけると翌日には菌が一億倍になってるんですよ」

世話焼きらしく言って、夏海はオレンジジュースを奪い取りコップに注いだ。

「だったら俺の家のものを勝手に飲むな」

「すくなくとも士の弱みは握ってる。年下の女の子にあれこれ世話してもらってる恥ずかしいやつってね」

コーヒーを飲む海東の白い首が蛇の腹のように動く。

「おまえら人の家に入り浸っておきながら俺の扱いが酷い。もっと家主を敬え」

「よしっ、そうと決まればさっそく図書館に行きましょう。昔の新聞がとってあるはずです」

夏海はわざと士の声が聞こえないふりをして口を挟む。

「言っとくが俺は行かないからな。どうして他人のために無償で働かなきゃならない」

「またそんな悪ぶっちゃって。士くんはなんだかんだ言っていい人だってわかってるんですからね」

「そうそう。形だけの反抗は止めたまえよ」

夏海と海東は勝手に出発の時間など話を進めている。

こうなるとどう抗っても二人につきあわされることを士は経験上知っている。

他人に興味はないと突き放しても夏海と海東は都合の良い勘違いを押しつけてけっして離れない。

俺はおまえらが思うような人間じゃないと言いたくなると同時に少し心地良くもあった。

図書館の新聞保管室はうだるような暑さだった。二階建ての図書館の地下に位置しているここは窓も冷房もなく、汗を吸った空気が重くまとわりつく。

打ちっぱなしのコンクリート壁と蛍光灯だけが不似合いに寒々しい。

ステンレス製の巨大な棚に十センチ以上もある厚いファイルが所狭しと並んでいる。

背表紙にはファイルが内包している新聞紙名と年月日が記されている。

士は服の首元をぱたぱたとやって腹に風を送りながら目当ての日付を探す。

保管室には夏海と海東もいるはずだが、それぞれ別の日付のものを探している。

ここはだだっ広く、姿が見えないと気配も感じられない。

自分の動作ひとつひとつが大きな音をたてているように思える。

保管室の入り口に新聞の情報をデータベース化した検索システムが設置されていた。

そこに入力したワードを含む記事の日付一覧が表示される。

士が入力したワードは吸血鬼事件だった。

数十件のヒットがあり、手分けして記事を集めている。

士は目当ての日付が書かれたファイルを見つけ、集合場所の机に向かった。


すでに夏海と海東は検索システム横の机に向かって座っていた。

机の上には数冊のファイルが積んである。

夏海が読んでいるものを覗きこんでみると、映画のコラムだった。

「なんだ、真面目にやってるのは俺だけか?」

言いだしっぺの夏海が関係のない記事を読んでいることに士はがっかりして言った。

夏海はあわててそれを否定する。

「遊んでるわけじゃないんですよ。ほら、これ吸血鬼映画のコラムなんです。なにか参考になることが書いてあるんじゃないかと思って読んでたんですよ」

そう前置きしてから夏海は紙面を読みはじめる。

「吸血鬼はすっかり文学や映画の立て役者となり我々の身近なモンスターとなっている。吸血鬼のモデルとなった人物には諸説あるが、やはりもっとも有名なのはジル・ド・レー元帥《げんすい》であろう。

ジル・ド・レーはかのジャンヌ・ダルクとともに戦った戦友であった。

ジャンヌ・ダルクの処刑によって精神を病み、己の城に招き入れた何百何千というおびただしい数の少年少女を大量に虐殺した。

その残虐な殺害方法と他の追随を許さない圧倒的な被害者数から人の血を啜《すす》って生きる吸血鬼のイメージが生まれたのである。

吸血鬼はもともと、民から崇められる英雄だったのだ……ここから先はまた映画の話に戻ります」

夏海は新聞を畳んでファイルへ戻した。

士は夏海の正面に座る。

「それが今回の事件にどう関係あるんだ」

士に聞かれると夏海は口ごもった。

「ええと、単に吸血鬼っていう文字に目を引かれただけだったんですけど……でも首筋に噛み痕をつけるのがなんらかのメッセージだとしたら吸血鬼の性質を調べることも無駄じゃないですよね。

たとえば幸せに暮らしていた善良な市民が、大切な人を殺されたことによって殺人鬼と化し事件を起こして自分を吸血鬼に重ねているとか」

「それだとあの遠野とかいう記者が言ってたＤＮＡが人間のものじゃないっていう情報と矛盾する気がしないか。まさか人外のものがそんな人間的な理由で殺人をするとは思えないな」

「うっ、そうでした」

「あまり思いつきでものを言うな」

しゅんとうなだれる夏海に海東が助け舟をだす。

「僕はおもしろかったよ。ジル・ド・レーってシャルル・ペローの童話青ひげのモデルでもあるんだっけ」

「それは知りませんでした。あれ怖いですよねえ」

聞き慣れない語に士は耳を傾ける。

青ひげとは一部の男性の悩みである、あの青ひげだろうか。

「どんな話なんだ」

「僕もうろ覚えだけど、ある城主が傲慢《ごうまん》なお姫様に求婚する。城主は醜い青ひげだったから侮辱の言葉を浴びせられ求婚を断られる。

しかし紆余曲折《うよきょくせつ》あってお姫様は青ひげと結婚する。

青ひげの城にはたくさんのおもしろい部屋があるが、ひとつだけ開けてはならない扉があった。

あるとき青ひげはその扉の鍵をお姫様に預けて旅だつ。絶対に開けてはならないと言い残してね。

お姫様は葛藤の末その扉を開けてしまう。するとそこには青ひげに殺された前妻たちの姿が……というような筋だったかな」

夏海がやっぱり怖いと顔をしかめる。

本題から逸れた流れを戻そうと、士は自分の持っているファイルを開いた。

早く用をすませて、冷房の効いた自宅へ戻りたい。

「吸血鬼の話はもういい。問題は吸血鬼事件の被害者の関連性だろう」

士の見つけてきた新聞を夏海が熱心に眺める。

隣の海東は一応目を向けているものの、まるで関心はありそうにない。

記事には死体の状態が細かく描写されている。

「やっぱりみんな、ミイラ化した姿で発見されているんですね」

事件が起こった場所、日時、被害者の情報を夏海はノートにまとめ、コンピューターの隣にあるコピー機で新聞のコピーを取った。

「そんなことは元からわかってる。さっさと名推理を披露してくれ」

士は皮肉るつもりで言ったのだったが、夏海は励ましの言葉として受け取ったらしくいっそう気合の入った顔でガッツポーズをしてみせた。

「はい！　いっしょにがんばりましょうね！」

これはダメだと士は脱力した。


「それじゃあ一度これを戻して、まだ調べてない記事を持ってきましょう」

吸血鬼事件に関する記事は数十件あり、一度にすべて持ってきてしまうと机がごったがえしてしまう。

そのため十冊ほど持ってきては戻し、また新しいものを集める作業をくり返さなければならなかった。

士から順に検索システムに表示された吸血鬼事件のワードを含む記事の日付をメモ用紙

に写す。

元の場所にファイルを戻し、今年の五月十日を探す。

この近くにあるはずだった。

ひとつ後ろの棚へ移動し目を走らせる。だいぶ背表紙の日付を追うのも早くなった。

五月十日のファイルがあった。

ページをぱらぱら捲《めく》りそれらしきものが視界に飛びこんでくるのを待つ。

重いファイルを片手でもってページを捲る動作を何度もくり返しているせいで腕が痺《しび》れかけている。

士は意外な文字に気を取られて手を止めた。

それは夏海の名前だった。

記事を読んでみると、士はすぐに血の気が引くのを感じた。

光夏海十九歳、自殺。

遺書から人間関係のトラブルに悩んでいたことが判明している。

士の知っている夏海よりいくぶんか表情が暗いものの、そこに載っている写真はまぎれもなく彼女だった。

士はすばやくファイルを閉じた。

混乱と、見てはいけないものを見てしまった恐怖で頭に熱が上がる。頭の中に心臓ができてしまったかのようだ。

代わって手足は冷たくなっている。

ふと足音が聞こえ、背後の棚から一冊ファイルが落ちた。

驚いて後ろを向くと、棚に収まった大量の重いそれが士めがけていっせいに落下してきた。

叫ぶ間もなく凶器と化したファイルの鋭い角が士の首を、腕を突く。

士は倒れこんだ。

ファイルの青で視界が埋め尽くされる中、空になった棚のむこう側から伸びる白い手が見えた。

「士くんっ！」

白い手が消えた直後、夏海の声がした。

耳も打ったのかぼやけて聞こえる。

士は起き上がろうと試みたが、指の先すら動かせなかった。体のあちこちが痛みに悲鳴をあげていた。

帰り道、夏海はくり返し同じ言葉を口にした。

「ごめんなさい。わたしが図書館に誘わなければ、こんなことにはならなかったのに」

夕焼け空に浮かんだ太陽が、線香花火のように揺れている。

昼間は気にも留めない人や木の影が、にわかに存在感を増す時間だ。

三人の黒い影の胴だけがいやに長い。

図書館で士は軽い脳震盪《のうしんとう》を起こしたが、すぐ元通りになった。

痣《あざ》になりそうなところはいくつかあったが、けがというけがはひとつもない。

二人には自分で棚にぶつかってファイルが落ちてきたのだと説明した。

しかしあれは間違いなくだれかが棚の後ろに回り、士めがけてファイルを落としたのだ。

保管室には士たち以外にだれもいなかった。

夏海か、海東か。

士は隣の夏海を盗み見る。

「歩くのつらかったら言ってくださいね。お詫《わ》びにわたしがおんぶしますから」

「それは無理だと思うよ」

海東が突っこむ。

「いえ、まかせてください！　光家秘伝のハブ酒を飲めばパワー百倍ですから」

息巻く夏海の様子に普段と変わったところはない。

「俺は用がある。先に帰ってくれ」

「わたしもいっしょに行きます。まだいきなり具合が悪くなるかもしれません」

「いや、一人になりたいんだ」

士は二人に背を向けて、家とは反対の道に曲がった。

日頃しつこく士に構う夏海は、意外にも追ってこなかった。


カビと埃の匂いがする空気を吸って、割れた窓から空を見た。

あっという間に夕日は沈み、紺碧《こんぺき》の空に半月が浮かんでいる。

夜になり朽ち果てた光写真館はさらに化け物屋敷の様相を呈す。

壁は雨風に晒され崩れかけ、スタジオでは写真と撮影器具がでたらめに散らばっている。

荒廃したスタジオの中、士はところどころ中身の飛びでたソファーに座っていた。

夏海の死亡記事が頭から離れない。

あれはどういうことなのだろう。

もともと夏海はこの世界の人間ではないはずだ。

死亡記事、夏海と巡る別世界の旅、この写真館――。

点と点はばらばらで、考えてもそれらが交わることはない。

士が答えの見えない問題に悩んでいると、写真館の扉が開く音がした。足音が近づいてくる。

「だれだ」

夏海か。士はとっさにそう思ったが、スタジオに入ってきたのは海東だった。

「俺をつけてきたのか」

士に尋ねられ、海東は短く肯定する。

士は少し迷ってから口を開いた。

「おまえにも知らせておきたいことがある。ナツミカンのことだ」

海東が歩み寄ってくる。彼が足を動かすたびに床が悲鳴をあげる。

「興味ないなあ。彼女は僕になんの利益ももたらさない人物だからね」

その口調はぞっとするほど冷ややかだった。

異変を感じ取り士は一歩後退する。

彼の手には銃が握られていた。

ただの拳銃ではない、別世界でディエンドに変身した彼が使うディエンドライバーだ。

海東はすばやく士を壁に押しやりディエンドライバーを突きつけた。

「ぐっ」

ディエンドライバーが首に食いこみ、士は苦しげにうめく。

「どういうつもりだ」

海東は士の台詞を聞き、小さく苦笑する。

「間抜けな質問だねえ。僕が士を狙っているのなんか、とっくの昔にわかってただろ？　それなのに士にとっての現実世界……この世界ではのんきに家へ上げて仲間ごっこみたいなことまでして。よっぽど寂しかったのかな？」

海東は電王の世界で士を攻撃し、クウガの世界でもユリに士を殺すようけしかけた。

それでもこの世界で士や夏海と行動をともにする間、彼に不審なそぶりは見られなかった。

「なぜ俺を狙う」

「士は鳴滝さんの邪魔だからさ」

「鳴滝だと？」

意外な名前に士はそのまま聞き返した。

「僕の痛みをわかってくれるのは鳴滝さんだけだ」

海東はうっとりしたような口調でそう言ってから、急に憎しみの籠った声色になって
「あの日……」とつぶやいた。

「五年前のあの日、僕の家族は殺された。急に家へ押し入ってきた赤の他人に、わけもわからないまま、抵抗する暇もなく次々にナイフで刺されてね。

家には父と母、弟がいた。

風呂場に隠れた僕は父が逃げろという声と、どたばた暴れ回る音を聞いていた。

それらがおさまって静かになると、犯人は僕のとこへやってきた。

僕はぶざまに命乞いをしたよ。犯人は靴を舐《な》めろと言った。もちろん僕は舐めた。どれくらいそうしていたかわからないけど、犯人はやがて放心したみたいに去っていった。

そいつはすぐに捕まったけど、精神鑑定に引っかかって無罪も同然だった。

それから僕はずっとこの世界はおかしいと思って生きてきた」

暗闇の中で海東の目がぎらぎらとたまに光る。

「鳴滝さんが僕の前にあらわれたのは三ヵ月ほど前のことだ。

鳴滝さんはこの世をもっと正しい世界に創り変えなければならないと言った。それは僕が思っていたことと同じだった。

僕がディエンドとなって九つの世界を巡り、各世界の仮面ライダーの力がつまったライダーカードを鳴滝さんに捧《ささ》げる。ライダーカードの力と鳴滝さんの力が合わされば鳴滝さんが統治する正しい世界を創ることができる」

ディエンドとディケイドはそれぞれ訪れた世界で仮面ライダーと接することにより、ライダーカードを手にすることができる。

ライダーカードは仮面ライダーの力の結晶であり、二人はそれを用いて戦う。

「正しい世界を創るだと？　はっ、馬鹿馬鹿しい。本気で言ってるのか」

「鳴滝さんの偉大な計画を笑うやつは許さない」

士は海東の殺気が膨れあがるのを察知した。

とっさに海東を突き飛ばしスタジオの端まで逃げる。

海東はなにかに取り憑《つ》かれたような形相で荒い呼吸をくり返しながら士に銃口を向ける。

「僕は士を消すチャンスを狙ってこの世界でも士に近づいた。だけどあの夏海ちゃんがべったりくっついてるから、なかなかチャンスがなかった。そしていまが最大のチャンスというわけさ」

図書館でファイルを士に向かって落としたのは海東だったのか。

合点がいくと同時にディエンドライバーが発砲される。

弾は士の横をすり抜けていく。

このままではまずい。

士はそう思いスタジオの外ではなく、さらに奥へ走った。

そこに立つカメラ――士を別世界へと誘うカメラをすばやく手に取りファインダーを覗く。

士は別世界へ逃げこんだ。

カブトの世界

士は白い部屋にいた。

タイル張りの床も壁も鮮やかな白で、網膜をいたく刺激する。

家具は脚の細いスタイリッシュなデスクと革張りのソファーだけの殺風景な空間だ。

かなりの面積があるにもかかわらず閉塞感があるのは、窓がないせいだろうか。

士はソファーに座って、自分が着ているものを確認する。

黒い防護スーツのようなコスチュームの上に、防弾らしいベストだ。

右手には丸い形をした重いなにかが取りつけられている。

持ち上げてよく確認すると先端からなにか飛びだすようで、それが銃の類いであるとわかった。

「なにかのコスプレでしょうか。ちょっと恥ずかしいんですけど」

夏海が尻のあたりを手で隠す。

防護スーツはぴっちり体に密着している。

それぞれの世界に合った役割を与えられ、そのつどいろいろな衣装に当たってきたが今回は特別変わっていた。

「明らかに戦闘用のスーツだね。パソコンはパスワードを入れないと使えないけど、デスクトップにはＺＥＣＴ《ゼクト》というロゴが入ってる」

士や夏海と同じものを着た海東が言った。

「ふん、対怪人の戦闘組織ってとこか。だとしたら海東、おまえも同じ組織の仲間ってことか。最悪だ」

かつては仲間か敵か微妙な立ち位置の海東だったが、もはや敵であることは確実だ。

「そう？　僕はうれしいよ。うまく別世界に逃げたつもりだったろうけど、残念だったね。これなら君を殺るチャンスはいくらでもありそうだ」

海東は一瞬のためらいも見せず右手の銃を発砲した。

士のすぐ横をすり抜け弾は壁に焦げ痕をつける。

夏海が悲鳴をあげた。

「止めてください！　まだどんな世界かもわかってないのに争うのは危険ですっ」

夏海のその声を無視して士と海東はにらみあいを続ける。

海東が再び右手を上げかけた。

そのとき、ザーッという機械音が部屋にこだました。

パソコンの隣に三つ並んで、妙なものが置いてある。

黒のヘルメットに銀の角が生えたようなものだ。

機械音はそこから聞こえている。

夏海が駆け寄ってひとつを手に取った。

ヘルメットの中には無線が埋めこまれていた。

「A小隊はただちに司令官室に集合せよ。くり返す。A小隊はただちに司令官室に集合せよ」

夏海は無線を聞いてうれしそうに顔を輝かせた。

「ほら、身内で揉《も》めてる場合じゃありませんよ。早く司令官室を探しに行かないとあやしまれちゃいます」

張りつめた沈黙の後、士と海東もヘルメットを手に取った。


司令官室を探すのは苦労した。

普通のビルと異なり、地図や標識というものがいっさいない。

どうやらゼクトとは合法的な組織ではないようだと士は歩き回りながら思った。

ようやく司令官室にたどりつくと、すでに十人ほどの隊員が整列していた。

みな士らと同じ格好をしている。

その前には黒ネクタイを締めた強面の男が屹立《きつりつ》している。

男は士たちが入ってくるのを見て一喝した。

「遅い！　戦場では鈍いやつから死んでいく。貴様らはとっくに死んでいるぞ」

「すっ、すみません」

夏海が謝りあわてて列に参加した。

「それでは任務を言いわたす。君たちにはカブトの居場所の特定に尽力してもらう。カブトの持つゼクターは我らのマスクドライダーシステムを完成させるために絶対不可欠である。なんとしても捕獲しなければならない。しかしカブトの能力は未知数だ。少人数で捕獲しようとせず、発見次第ただちに報告すること」

男がそこまで言い終わったとき、大音量でサイレンが鳴り響いた。

天井の隅に取りつけられているスピーカーから機械的な音声が流れる。

「ワームが出現しました。ただちに出動してください」

隊員は慣れた様子でサイレンが鳴ると同時に回れ右をした。

整列を崩さないまま急ぎ足で司令官室から出る。

士らも見よう見真似でそれに参加した。


ジープのような車につめこまれて向かった先は、ショッピングモールにある地下駐車場だった。

三十名近いゼクトの隊員にずらりと囲まれた中心に気弱そうな男が震えている。

「違う、俺じゃない。もう一人の俺がやったんだ、そいつを捕まえてくれよおっ」

男は声ににじませて言った。

士の後ろで夏海がどうしてとつぶやく。

「彼はどう見ても人間です。きっとなにかの間違いに決まっています。銃を下ろすようみなさんを説得しましょう」

「それはどうかな」

士は疑り深い目で男を見つめている。

たしかに一見して男にあやしいところはない。

姿形は完全に人間で、ユリのように不自然な振る舞いもない。

言っていることは意味不明だが、目を見開いた表情も震える足も銃を突きつけられた人間の一般的な反応をしている。

「撃て」

無線に指示が入る。

「だめ！」

夏海の叫びも虚しく銃はいっせいに発砲された。

夏海の息を飲む音が士の耳に聞こえる。

どう考えても即死だった。

「嫌だなあ。俺じゃないって言ったのに酷《ひど》いじゃないかあ」

男は生きていた。

この世界の怪人、ワームの正体をあらわしてそこに立っている。

ワームは全身が緑色で醜悪な顔をしていた。

頭部は頑丈そうな殻に覆われ、鋭い爪が指先に生えている。

「脱皮する前に殺せ」

無線の声が告げる。

脱皮とはなにを示すのかわからなかったが、士は銃の引き金を引いた。

夏海以外の全員がそれに続く。

「君も撃ちなよ」

士の隣の海東が夏海に言う。

しかし夏海は立ち尽くすことしかできなかった。

ゼクトの攻撃を浴びてもワームに傷を負った様子はない。

その長い爪を一振りすると隊員は吹き飛ばされた。

勢いづいたワームはむちゃくちゃに爪を振り回す。

そのたびに隊員の数が減っていく。

銃声に混じって人が壁に叩きつけられる音がする。

「どうする。変身するかい？　言っておくけど僕は僕が最後の一人になるまでしないよ」

海東にささやかれ士は迷った。

ゼクトはこの世界の仮面ライダーと思われるカブトを狙っている。

ここで変身すればカブトの仲間とされてゼクトの標的となるかもしれない。

ふと士の腕を夏海がつかんだ。夏海の手は小刻みに震えていた。

「ナツミカンはこっちに隠れてろ」

士はその手を取りワームの死角となる車の陰に夏海を押しこんだ。

「士くん、どうするんですか？」

「安心しろ。もう怖いことは終わる」

クウガの世界でも怖い思いをさせた。これ以上夏海に血を見せたくはない。

士は現実世界で抱いた夏海への疑問も忘れてそう思った。

士はディケイドライバーに手を当てた。

「止めておけ」

ふとだれかにそう言われた気がした。

次の瞬間士が見た光景は信じがたいものだった。

ゼクトが束になっても歯の立たなかったワームは散り散りに破壊されている。

先ほどまで無傷だったはずの車や壁は数ヵ所が大破している。

士は自分の頭が変になったのかと思った。

が、同じく唖然《あぜん》とした夏海の表情を見てたしかになにかが起こったのだと知った。
無線の声が舌うちする。
「またカブトか」
忌々しげな言い方だった。
舞い上がる埃《ほこり》と煙の中、士はかすかに赤い光を見た。
撤退の指示を無視して士はそれを追った。

天道総司《てんどうそうじ》は人々の視線を集めながら、洋食店ビストロラサールに向かっていた。

彼は日頃から下駄《げた》に作務衣《さむえ》という格好で街を歩くため、好奇の眼差しを向けられることはままあった。

しかしいま彼が注目の的となっているのはその服装のせいではない。

鱧《はも》だ。

一メートル五十センチはあろうかという細長い鱧を、天道は右肩にかけている。

鱧はまだ生きているのか、目の下まで裂けた口をたまに開閉する。

つい数分前に朝市でせり落としたものだった。

すれ違った人はかならず振り返り、ある者は指をさして笑いある者は声をひそめて連れと批判しあう。

そんな人々の目を天道は少しも気にかけていなかった。

彼には深刻な苦悩があるのだ。

「湯引き鱧か鱧寿司か」

天道は自分に問いかける。

やがて目的地に着いたとき、彼はついに決断した。

「やはり鱧は湯引きだな」

微笑を浮かべてビストロラサールの扉を開いた。

店内は荒れていた。

椅子やテーブルがひっくり返り、割れた皿が床に散っている。

皿を拾っていた日下部《くさかべ》ひよりは扉が開く音を聞いて顔を上げた。

「なんだおまえか」

ひよりはぶっきらぼうに言って作業を再開する。

襟ぐりの開いた服からのぞく肩が細い。

「いい鱧が手に入った。これで湯引き鱧を作ってくれ」

「いまそれどころじゃないんだよ。鱧の骨切りなんかうまくできるかわかんないし」

ひよりは前に落ちてきた黒髪を耳にかけ直す。

「なにがあったんだ」

ようやく天道に尋ねられてひよりはため息をついた。

「二人組の男が食うだけ食って暴れたんだ。こんなまずいもんに払う金はないってさ。まずいなら完食すんなっつうの」

「そういうやつらはなにを食っても同じことを言うんだ。しかし酷い暴れようだな。結局金は払わずじまいか」

「ああ。僕とおばさんじゃ止められないから」
十七、八の少女にふさわしからぬ僕という一人称を使って彼女は応えた。

おばさんとはここビストロラサールの店主のことだった。厨房《ちゅうぼう》から、

「まったく悪いやつもいたもんだよ」

とひよりとは逆の威勢のいい声が飛んでくる。

集め終えた皿の破片をひよりはビニール袋に入れた。

「テーブルと椅子は俺が直しておこう。ひよりは鱧に集中してくれ」

「まあ、やってみてもいいけどさ。あんまり期待するなよ」

ひよりは自分の身長とさほど変わらない鱧を受け取った。

鱧と目が合うと、ちょうど鱧がぱかっと口を開けたのに驚いて、危うく放り投げそうになった。

防護スーツと防弾チョッキを着た体はすさまじく蒸れた。汗が目に流れてきてしみる。三人はとうの昔に外したヘルメットを抱えて、げんなりと背を丸めている。

「本当に見たんだろうね」

海東が責めるように問いかける。

地下駐車場での奇跡は無線の情報からカブトによるものだと思われた。カブトがいったいなにをしたのかわからないが、駐車場で見た人影らしきものを追って士らは地上へと出た。

しかし地上へ出たところで影を完全に見失い、いまは当てずっぽうに徘徊《はいかい》しているだけだった。

「何度も口を開かせるな。よけいに疲れる」

「でも、仮に士くんが見たのがカブトだったとしても、いつまでも変身しているでしょうか。人間の姿に戻っていたらいくら歩き回っても見つけられませんよ」

士が足を止める。

「まさかそんなこともわかってなかったのかい。僕は士様のことだから、なにか考えがあるんだとばかり思っていたけど」

士が立ち止まったのは小洒落た洋食店の前だった。

木製の立て看板に今日のメニューがチョークで書いてある。

士は苦しまぎれにそれを指して言った。

「もちろん考えはある。だがとりあえずここで休もう」

店内に足を踏み入れると、冷却された空気が三人を撫でた。

ほっと息をつきテーブルに腰をかける。

先客は作務衣を着た男が一人だけ。

手狭な店だったが質素で手入れが行き届いている。

「はああ、生き返る」

伸びをする夏海を見て士は安心した。

クウガの世界でのようなショック状態にはなっていないようだ。

「いらっしゃい」

厨房から十代後半と見られる少女が三人分の水を置いた。

士は水を一気に飲み干す。

冷たい水がのどを潤す爽快感を覚えながらコップを置くと、店員の少女と目が合った。

少女は士の次に海東を見て声をあげた。

「こいつらだ。さっきの食い逃げ」

士はまず海東が食い逃げをやらかしたのだと思った。

とうとうそこまで下劣なことをするようになったかとあきれる。

しかし店員の視線が明らかに士にも向けられていることを悟り、否定しようと口を開く。

「ほう。のこのこ戻ってくるとは図々しいやつらだ」

士よりも早く先客の作務衣の男が言った。

彼は懐から箸を取りだし、一本ずつ士と海東めがけて投げた。

箸は額に命中する。

すさまじい速さとパワーで投げられたそれは信じがたいことに士と海東を椅子ごとひっくり返した。

「ひより、紐《ひも》はあるか」

男は立ちあがりひよりに尋ねた。

ひよりは厨房で紐、紐とつぶやきながら探す。

「だめだ。鱧しかない」

「そうか。ならいい」

「待て、あった」

ひよりから男に紐が手渡される。

「おまえ……何者だ」

打った後頭部をさすって、士はこの尋常ならざる者に問う。

「天の道を往《ゆ》き総《すべ》てを司《つかさど》る男。天道総司だ」

作務衣の男、天道は人差し指を上げて天を指した。

そのまま体勢を戻そうとする士と海東の間に歩みくる。

切れ長の美しい目が二人を見下ろす。

「確認もしないでいきなり暴力かい。野蛮な男に言葉は通用しないらしいね」

海東が天道の胸ぐらをつかみ殴りかかる。

「たしかに食い逃げをしそうな品のない顔をしているな」

天道はそう言って海東の拳をかわし、軽く背中を押した。

殴りかかった勢いと背中を押されたことで海東はつんのめった。

あわてて足を出し踏ん張ろうとするが、目の前には士がいる。

激突して二人は再び床に伏した。

うめく二人の両手首をつかみ、天道は紐でひとつに括った。

「あとは焼くなり煮るなりひよりの好きにしてくれ」

「ああ。助かった。鱧もちょうどできた」

落ちていた箸を拾い、転がったままの二人を踏んで天道は着席した。

天道が履いているのは普通の靴でなく下駄であり、面積が狭い分よけいに踏まれた部分が痛い。

　天道はひよりが運んできた湯引き鱧を見て感嘆する。

「この白牡丹《しろぼたん》のような美しい形。さすがひよりだ」

「感想は食べてからにしてくれ」

　箸をハンカチで拭き、添付《てんぷ》の梅肉醤油《ばいにくしょうゆ》を味見する。

　天道はうんとうなずき鱧をそれに浸けて食べた。

「おばあちゃんが言っていた。美味い料理と美しい人はよけいな装飾をしない。この鱧のようにな」

　ひよりは照れているのかニコリともせず厨房に逃げた。

　一連の流れを唖然と見ていた夏海ははっと我に返った。

「あの、大丈夫ですか？　士くん、海東さん」

　背中合わせで両手をひとつに括られた二人は口々に不平を漏らす。

「大丈夫なわけないだろう。おい、そこの天道とかいう男。海東はともかく俺は食い逃げなんかしていない。さっさと紐を外せ。鱧を食うな」

「こんな屈辱は久しぶりだよ。無実の僕にこんなことをしてただですむと思わないでくれたまえ」

　明らかに聞こえているはずだが、天道は無視を決めこんで箸を動かしている。

「士くんと海東さんをこうも簡単に縛り上げげちゃうなんて何者なんでしょう。ちょっと格好いいですし」

ゆるくパーマのかかった髪に、はっきりとした二重。鼻筋の通った高い鼻。気品の漂う横顔に夏海はちょっと見惚れた。

「ぼーっとしてないでさっさとこれを解け」

「一応聞きますけど、本当に食い逃げしてないんですね？」

「ずっといっしょにいたのはナツミカンだろう。そんなことをしていないのはナツミカンがいちばんよく知ってるはずだ」

夏海はうなずいて肯定する。

「でも不思議ですね。あの店員さんは士くんと海東さんをはっきり見たようでしたから」

夏海は紐を解こうとしゃがんだ。

紐は複雑な結び方がしてあった。

あちこちひっぱっているうちにますます頑丈な結びになってしまった。

「ハサミを使ってくれたまえ。どんどん手首が締まる」

海東は眉を寄せる。

「ハサミなんか持ってませんよ」

「厨房にはあるだろう。貸してもらえ」

士がうめきつつ言う。

二人の手首は青く変色しつつあった。

「食い逃げ犯だと思ってる店員さんが貸してくれるわけありません」

「とにかく解け。あいつは殴ってやらなきゃ気がすまない」

「もう。士くんが急かすからまたこんがらがっちゃいました」

「もっと慎重になれ。ナツミカンはいつもがさつなんだ」

「そうですか。だったらがさつなわたしなんかに頼らず、自分でどうにかしたらいいじゃないですか」

気を悪くした夏海は席に座り直し、メニュー表を開いた。

そこへ来客があった。

中学生らしい制服の少女だ。

少女はぐるりと店内を見回し天道を見つけると大きな目を輝かせた。

「お兄ちゃん」

はつらつとした声をあげて天道に駆け寄る。

「樹花《じゅか》か。学校はもういいのか」

天道の雰囲気ががらりと変わったのに士は驚く。

問答無用で人を縛り上げ踏みつけにする無頼漢とは思えない柔和な表情だ。

天道は愛おしげに目を細めている。

樹花と呼ばれた少女の笑顔からも天道が慕われているのがよくわかる。

「うん！　ここにいるかなって思って寄ってみたの。これから栗山《くりやま》公園に行くから、お兄ちゃんも途中までいっしょに帰ろ」

「今日の夕飯は樹花の好きな鮎《あゆ》の塩焼きだ。あまり遅くなるなよ」

「やったー！　やっぱり夏は塩焼きだよね！」

樹花の喜ぶ様子を満足そうに眺め、天道は厨房のほうへ声をかけた。

「ごちそうさま。ひよりに料理してもらって正解だった」

ひよりが厨房から出てくる。

相変わらず口角を下げむすっとしている。

「こっちは毎回毎回メニューにないもの頼まれて迷惑だ。うちは洋食店なんだからな」

「まあ、そう言うな」

店のドアを開けた樹花がふと士のほうを向く。

床に座り手首を括られた士を見て猫のような目を不思議そうにぱちぱちとやる。

「お兄ちゃん、あの人たちどうしたの？」

「あまり見るな。ただの小悪党だ」

「ふうん。じゃあひよりさん、また来るね」

樹花はひよりに手を振り出ていった。天道もそれに続く。

残されたひよりは士と海東の前に歩み寄る。

「ちゃんと反省してるなら皿洗いと掃除で勘弁するっておばさんが言ってる。それが嫌なら通報する。どっちか選べ」

やってもいない罪を認めるくらいなら通報されるほうがましだった。

しかしワームの実体をつかめていないいま、この世界の仮面ライダーであるカブトを一刻も早く探しださなければならない。

士は沈黙した。

「警察に捕まれば動きが取れなくなります。わたしも手伝いますから、ここはがまんしましょう」

夏海に言われ、士は深いため息をついた。

「仕方がない。この俺が直々にやってやろう」

海東からも反論はない。

ひよりは士の言い方に顔をしかめたが、手に持っていたハサミで紐を切った。

「しっかりやってくれよな」

士と海東は痕が残った手首をさすり、同じことを思った。

天道死すべし。

樹花はいろいろなことを話す。

変な癖のある教師のこと、友達の恋のこと、縄文時代の石器に酷似した石を拾ったこと。

天道は樹花の話を聞いているのが好きだ。

天道には取るに足らない当然の出来事を、樹花は手ぶり身ぶりを交えおもしろおかしく話す。

そんな樹花を見るたびに天道はこの唯一の肉親を守り抜こうと誓う。

一九九九年、渋谷に落ちた隕石でその周辺は壊滅した。

何十万の犠牲者の中には天道と樹花の両親もいた。

落ちたのは隕石だけではない。

ワームという、人間に擬態《ぎたい》し人間を襲う怪人の種が隕石とともに落下し、七年経ったいま活動をはじめたのだ。

ワームは人間の知覚ではとうてい追いきれないすさまじい速さで移動する。

それに対抗できるのはワームと同等の速さを持つ天道、すなわちカブトだけだった。

彼らの勝負はほんの一瞬のうちに終わる。

地下駐車場で士が体験した、ワームが突然散り散りになる現象は、水滴が落下するより速い超高速の世界で天道がワームを破ったためだった。

「それでね、あたしと中村《なかむら》が協力して里沙《りさ》と伊藤《いとう》をくっつけようってことになったの。だから今日も四人で待ち合わせしてるんだけど、あたしと中村は途中で消えて里沙と伊藤を二人っきりにするんだ」

「案外協力してるのは里沙ちゃんたちのほうかもしれない」

「どういうこと？」

「中村が樹花と二人きりになりたがってるかもしれないってことだ」

樹花は頬を赤くし、あわてて首を横に振った。

「有り得ないよ。中村とあたしはただの友達だもん。いつもふざけあってるし、あたしが数学のテストで赤点だったの知ってるし」

樹花は必死になってさらにいくつかの中村が自分を好きでない証拠らしき事柄を述べた。

天道は穏やかな顔つきでそれを聞く。

前から黒い車が走ってくる。

ジープのような形の、窓がない車だ。

それは天道の横まで来て急停車した。

「でもこの前、髪がきれいだねって言われたときはちょっとだけうれしかったかもしれない。ほんのちょっとだけ。一ミクロンくらい」

まだ異変に気づかない樹花をよそに、天道は士や海東に向けたのと同じ鋭い視線を車に射す。

車のドアが開き、数人がすばやい動きで飛びでる。

防護スーツとヘルメットで身を固めたゼクト隊員だった。

ゼクト隊員らは天道を取り囲み右手の銃を構える。

「おとなしく我々に同行しろ」

ゼクトのことは知っていた。

ワームに対抗すべく作られた戦闘組織だ。

しかし天道を囲んでいる彼らではワームの高速移動に太刀打ちできない。

そのためゼクトはマスクドライダーシステム、つまりは仮面ライダーを創造した。

そのマスクドライダーシステム完成のためには天道が変身に用いる道具が必要不可欠であり、ゼクトは天道を捕獲しようと狙っているのだった。

「心配するな。こいつらは俺の友達だ。ちょっとマニアックなやつらでな。今回はゾンビ映画のコスプレをしてる」

尋常ならざる空気に怯《おび》えていた樹花は、天道の言葉を聞いて体の緊張を解いた。

「なあんだ。びっくりした。それにしてもお兄ちゃん、いつこんなにたくさんお友達ができたの？」

「その話はまた今度だ。早く行かないと待ち合わせに遅れるぞ。あと、帰りは少し遅くなるかもしれない。でも塩焼きはかならず作ってやるから、いい子にしててくれよ」

樹花はうなずいた。ゼクト隊員を見回して小さく頭を下げる。

「お兄ちゃんと仲良くしてあげてくださいね」

樹花はクラスメイトの待つ栗山公園へ歩きだした。

同時に天道の手に手錠がはめられた。


「まさかおまえがカブトだったとはな」

士は勝ち誇って言った。

ゼクトのアジトの一室に天道は捕らわれていた。

椅子の背に両腕を回し手錠がかけられている。

「ゼクトが隊員に食い逃げをさせるほど薄給だったとは驚きだ」

「食い逃げは僕らじゃないと言っている。君はまだ自分の立場がわかっていないようだね。上にはこう報告しようか。天道総司はこちらの要求をいっさい無視。隊員に暴行を加えようとしたため、やむなく射殺した」

海東の脅しも天道に効いた様子はない。

ベルトを奪われ敵地に一人捕らわれても天道は尊大な物言いと超然とした態度を保ち続けていた。

それが士と海東をますます苛立たせる。

夏海に至っては捕虜であるはずの天道の言いなりになってカツ丼を手配しに出ている。

他のゼクト隊員も同様で、天道のさまざまな要求を叶えるべく出払ってしまい、この場に残っているのは士と海東だけだ。

そうしなければゼクトの狙いであるゼクターを呼びださないと天道が逆に脅しをかけたせいもあったが、彼には敵味方関係なく人を服従させてしまう一種のカリスマ性のようなものがあった。

「立場がわかっていないのはそっちのほうだ。俺が望めばどんなことでも不可能はない」

天道は一貫した静かな口調で言う。

押収したベルトをくるくる手で弄りながら士は反論した。

「世界は自分を中心に回ってるとでも言うつもりか。違うな。世界の中心は俺だ」

「いや、俺だ」

火花を散らす二人を尻目に海東は肩をすくめた。

「もしかして、似た者同士？」

「馬鹿言え」

士が否定する。

「そうだ。あんたらのほうがよっぽど似てるように見える」

天道は士と海東を見比べる。

すべてを見透かしているかのような嫌な目と士は思った。

電王の世界で出会ったモモタロスもその片鱗があったが、天道の目の力はより強い。

「とにかくこの俺に便所掃除までさせた償いはしてもらおう。このベルトは幹部に渡す。カブトの力を失い平凡な人間になれば、その傲慢さもましになるだろう」

天道のペースになりつつある流れを変えるべく、士は言った。

海東がそれに続く。

「僕はそれだけじゃ納得できない。僕を踏んだのはどっちの足だい？　せめてその一本でもつぶさせてもらわないとね。それとも君の妹に代わってもらうかい」

妹の単語が出ると初めて天道は真っ向から海東を見据えた。

海東は士と同じことを感じたのか、逃げるように顔を背けた。

曇りガラスの自動ドアが開いて夏海が帰ってきた。

天道の言いつけどおりカツ丼を手に持っている。

「カツ丼一丁あがりました」

天道の前のデスクにカツ丼を置いた。

その隣の海東を見て夏海は驚きの表情をつくった。

「あれっ、海東さん瞬間移動でもしました?」

「どういう意味だい?」

「だって海東さんはわたしといっしょにカツ丼を頼みに行ったじゃないですか」

夏海は唯一の出入り口である自動ドアを指した。

そこからあらわれたのはまぎれもなく海東だった。

一気に空気が張りつめる。

海東が二人。

姿形はもちろん着ているものまで同じだ。

士は地下駐車場でゼクトに囲まれた男が言っていたことを思いだした。

俺じゃない、もう一人の俺がやったんだ。

結局彼の正体はワームだったが、その言葉がどこかで引っかかっていた。

それはこの状況、ワームは生きた人間に擬態するということを指していたに違いない。

「ナツミカン、海東から離れろ」

瞬時に状況を把握した士が叫ぶ。

夏海は士のただならぬ様子に戸惑いつつ、部屋の隅に走って逃げた。

「そういうことか」

入り口に立っているほうの海東がつぶやく。

「食い逃げをしたのは僕と士に擬態したワームだったんだね」

「そうらしい。ただしワームは君のほうだけど」

士の隣の海東がまったく同じ声で返した。

「擬態したワームに気づかないなんて、士も案外抜けてるねえ」

「なにを言おうと無駄だよ、偽物君。僕はずっとここにいた。あとからひょっこりあらわれた君のほうがワームだと馬鹿でもわかる。タイミングを計り違えたね」

どちらの海東も等しく彼らしい物言いをする。

見た目や口ぶりから本物を見分けることは不可能だった。

「本物の海東さんしか知らないことを聞いたらどうでしょうか。この前行った世界の名前とか」

「クウガの世界、だよね」

答えたのは天道の側に立つ海東だった。

「へえ。記憶までコピーできるんだ」

入り口付近の海東が感心する。

「言い逃れはよしたまえ。さあ、つまらない芝居は終わりだ」

夏海とともに戻ってきた海東はもう一人の海東に銃を向けられ不敵な笑みを浮かべた。

そしてその銃が発砲されるより早く、防弾チョッキの中からディエンドドライバーを取りだした。

「変身」

ディエンドドライバーを宙へ向けて放つ。

あとから来た海東は瞬く間に青と黒のフォルムに覆われ、仮面ライダーディエンドに変身した。

「僕が変身する前に片をつけたかったみたいだけど、残念だったね」

最初からこの部屋にいた海東の体は歪《いびつ》に崩れ変形し、醜い緑色の怪物ワームとなった。

「ああ。本当に残念だよ。僕たちはわかりあえると思ったのに」

ワームの顔面に海東の顔がホログラムのように浮かび上がる。

ホログラムの海東は恨めしげにうめく。

「君の苦しみを理解できるのは僕だけさ。君の記憶を持つ僕だけ」

ワームが言い終わらないうちに海東はディエンドドライバーを発砲した。

ワームは身をわずかに動かして避ける。

弾が当たった壁は巨大な鉄球がぶつかったかのようにへこむ。

「同じ記憶を持っているのなら僕がそんな甘言に耳を貸さないことくらい、わかりそうなものだけど？」

ワームは長い爪をがむしゃらに振るう。

それをいなしながら海東は連続して発砲する。

ひとつの弾がワームの足をかすめた。

ワームは体勢を崩して右膝をつく。

「カードを使うまでもないかな」

海東は銃口をワームの額に当てた。

トリガーを引こうと人差し指に力を入れる。

するとワームの頭部にまた海東の顔が浮かんだ。

「寂しいよ」

ワームがそう言うと海東はぴくりと跳ねた。

「僕には帰る家がない。受け入れてくれる家族も、人もいない。そのすべてを持っている門矢士が憎い。どうして僕だけ孤独なんだ。孤独は寒い。寒くて虚勢を張っていないと震えてしまう」

「止めろ」

乱射する海東。

しかし狙いの定まらないそれをワームはやすやすとかわす。

「わかるよ。孤独はつらい。君の記憶を持つ僕だけにはわかる。だけどもう大丈夫だ。これからは僕といっしょにいよう」

「止めろ！」

いつも感情の波を見せない海東だけに、彼の動揺は一目瞭然だった。

銃口はぶれ使いものにならない。

「このままでは海東さんがやられてしまいます。士くん助けてください」

夏海に言われ士はディケイドライバーを握る手に力をこめる。

海東を救う義理はない。

むしろ海東は士の命を狙っている。ここで死んでもらったほうが助かるくらいだ。

「変身」

しかし思考を無視して士は変身した。

海東の胸に爪を伸ばしかけたワームにカウンターをくらわせる。

重い一撃にワームは壁まで吹き飛んだ。

士が海東に背を向け立ちはだかる。

なんで、と海東は掠《かす》れた声を零した。

「あのワームに胸糞悪くなっただけだ。だが貸しは返してもらうからな」

ワームがよろめいて立ちあがる。

士はライドブッカーからクウガのカードを取りだす。

すぐに決着をつけようと思った。
「なんですか、あれ……」
夏海がワームを見て言った。
ワームの皮がぶるぶる痙攣《けいれん》していた。
そして頭部の一点に穴が開くと、そこから全身に亀裂が走った。
士は地下駐車場で聞いた語を思いだした。
脱皮だ。
緑の皮膚が溶けだす。
その中からは元の体より一回り大きな茶色の成体があらわれた。
硬い羽を持つ蟬に似た怪物だった。
その巨大な羽が開かれる。
来る。そう思った次の瞬間だった。
士は激しい痛みに崩れ落ちた。
「士くん！」
夏海の声が遠くで聞こえる。
意志に反してディケイドの変身が解けた。
それは受けたダメージの深刻さを物語っていた。

成体となったワームは超高速で移動する。

ディケイドやディエンドの能力をもってしても追うことはできない。

ワームは士がまばたきをするその何分の一かの間に攻撃をしかけたのだったが、士には知るよしもなかった。

士はわけもわからず地に伏せる。

「どうして」

夏海は信じがたい光景を前に、それ以上の言葉が出てこなかった。

士に続き海東までもが変身を解かれ横たわっている。

夏海はとっさにデスクまで走り、天道の手錠の鍵を取った。

天道はこの騒ぎの中、ひとことも発することなく落ち着き払っていた。

夏海に手錠を外されても逃げようとするそぶりすら見せない。

快も不快も示さずなりゆきに身をまかせている。

その態度ははるか高みから物事を見物しているようだった。

「お願いします。士くんと海東さんを助けてください」

夏海をわざと焦らすように、緩慢《かんまん》な動きで天道は立った。

「やれやれ。どこまでも勝手なやつらだ。まだカツ丼も食べていないというのに」

天道はベルトを装着し、手を天に向けた。

窓のない部屋の壁を突き破りカブトムシに酷似したゼクターが飛んできた。
それは独りでに天道の手中に収まる。
「変身」
腰のベルトにゼクターを嵌《は》め天道は変身した。
赤い外殻に堂々たる一角を持つ仮面ライダーカブトがあらわれる。
「キャストオフ」
ゼクターの角を引く。
一部の装甲が外れワーム同様のスピードを手に入れる。
それからは人間の時間ではなかった。
夏海の髪の揺れも宙に舞う埃も動きを止める。
超高速の時の中で天道と成体ワームは無数の攻防を交わす。
一点の隙を見つけた天道はすかさず強烈な蹴りを放った。
断末魔のあとには緑色の炎が燃えた。
緑色の炎を確認して天道は元の姿へ戻る。
それと同時に部屋のスピーカーからうるさいサイレンが鳴り響いた。
――ワームです。ただちに出動してください。
続けて床に転がった三人のヘルメットから無線の声が聞こえる。

「栗山公園にワームが一匹出現。近くにいる部隊はそのまま直行せよ」

それを聞いた天道の顔色が一変する。

栗山公園は樹花の向かった先だった。

「あの、どうかしましたか」

文字どおり瞬殺《しゅんさつ》されたワームを唖然《あぜん》と眺めていた夏海がかろうじて尋ねる。

ワームが出現したにしても、間近で起こった戦闘に眉ひとつ動かさない男の反応としては不自然だった。

「たしか洋食店でおまえの妹が栗山公園に行くと言っていたな」

士は痛む左肩をかばいつつ立ちあがる。

夏海は駆け寄って士を支えた。

「僕も行くよ。このままワームに屈するのは御免だ」

海東もよろめきつつ言った。

「俺は一人で戦える。おまえらが来ても足手まといだ」

天道は冷たく二人を突き放して走り去った。

それを追おうとする士の袖を夏海がひっぱる。

「本当に大丈夫なんですか。天道さんは強いです。ここは彼にまかせても」

「栗山公園に出現したのはおそらく士に擬態したワームだ」

夏海の言葉を遮ったのは海東だった。

ひよりは海東と士を食い逃げ犯だと言った。

海東のワームがあらわれた以上、士に擬態したワームもかならずいる。

「俺は俺自身と決着をつけなくちゃならない」

長い間カメラ越しに世界を眺め、世界と自分とをレンズで隔ててきた。

自分の殻に閉じこもり希望も楽しみも抱けなかった現実の士と、次々敵を倒し世界を救ってきた別世界での士がいる。

二つの相反する士のうちどちらを本物の士とするのか決めるときだった。

士の決意に満ちた表情を見て夏海は手を放した。

「……無理しちゃだめですよ」


栗山公園は都内有数の敷地面積を誇る広い公園だった。

体育館、テニスコート、ボート乗り場など数々の施設が点在している。

そのうちワームが出現したのは子どもの集まるアスレチック広場だった。

ブランコの鎖は外れ鉄棒は歪《ゆが》み、建設途中で放り投げられた遊園地さながらの夢の跡地と化している。

士らがそこに到着するとすでにワームの影はなかった。

すべり台の下に作務衣の背中を見つけ、そちらへ向かう。

「怖かったな。もう大丈夫だ。早く家へ帰ろう」

天道は樹花の頭を撫でていた。涙を浮かべた樹花は黙ってうなずく。

「もうワームは倒したのか」

士が問いかける。

「いや、俺が来たときにはもういなかった」

樹花が天道の背中から顔を出した。

けがを負った様子はなく士は安堵した。

しかし彼女の充血した目が士を捉えると、樹花はひゃっと悲鳴をあげた。

「お兄ちゃん、あの人どうして二人もいるの」

樹花は天道に抱きついた。

士の後ろにもう一人の士がいた。

頭のてっぺんから足の先まで完全に一致している。

しかし海東のときと異なり、それが士でないことは一目でわかる。

あとからあらわれた士は陰鬱な雰囲気を漂わせていた。

淀《よど》んだ目、弛緩《しかん》した表情、丸い背中をしている。

それはまるで陰と陽、二種類の士だった。

陽の士に悪寒が駆け抜ける。

「三対一の状況で飛びこんでくるとはさすが俺の偽物だけあって度胸がある」

その悪寒を振り払うように士は言った。

「偽物はそっちだ」

陰の士は平坦《へいたん》なトーンでしゃべる。

「おまえはなにも知らない。だから度胸があるなんてふざけたことを言える。実際は現実から逃げてばかりの愚かな男だというのに」

「そんなことありません。士くんはどんな敵からも逃げたことなんかないです」

夏海が口を挟んだ。それを無視して陰の士はさらに続ける。

「自分の生きる世界が心底嫌だった。あらゆるものが醜く汚れて見えた。だから毎日カメラのファインダーを覗き世界と自分をレンズで隔てた。ファインダーの中の小さく四角い世界は箱庭だ。俺にはなんの影響も及ぼさない。そう決めた。そんな俺にいまさら人と馴れあい友情ごっこをする資格があるのか?」

士は答えられなかった。

この自分の心の闇を体現した存在が口を開くたび、力が失われていく。

「本来のおまえを思いだせ。その女には救世主だとか言われているが、本当は世界を救いたいなんて思ってはいない。むしろこの世がなくなればいいと思っている。あらゆるものが消滅し、ひとつに溶けあった混沌《こんとん》——孤独を選びながら孤独を恐れるおまえの理想の環境はそれなんじゃないのか。おまえは世界を破壊したいと望んでいるんだ」

「あなたの言っていることは意味不明です。士くん、惑わされないで」

夏海の言葉は士の耳に届かない。

ずばりと言い当てられた気がした。

だから鳴滝は自分を破壊者と呼ぶのではないだろうか。士を止めようとする鳴滝こそ本当の正義なのではないだろうか。

士は同じ容姿をした者によって暴かれる自らの危険な願望に自分自身恐ろしくなった。

「俺は……」

「俺が本物だ。本物の門矢士なんだよ」

士に反論の隙を与えず陰の士は断言する。

そのとき、二人の間を弾丸がすり抜けていった。

弾丸の飛んできたほうを見るとゼクトの黒い車から隊員が乗りだし銃を構えていた。

遅れてきたゼクトが到着したのだ。

天道とともに姿を消した以上、ゼクトは士らを裏切り者と見做《みな》しているに違いなかった。

士らはワームに背を向けその場から逃げた。


魚の焼ける匂いを嗅いで、樹花は血色の良い頰を吊り上げた。

「んーっいい匂い。もうお腹ぺこぺこ」

樹花が腹を抱える。

すっかり元気を取り戻した樹花を見て、天道は胸を撫で下ろした。

ゼクトの車を発見した彼らは天道の家に逃げこんだ。

裕福であることが明瞭な広い一軒家で、五人を匿《かくま》ってもまだ余裕がある。

そこで天道は早めの夕食を作っていた。

「じゅんさいの吸い物もある。樹花が無事でいてくれたご褒美《ほうび》だ」

「やりぃ」

透明な膜に包まれたじゅんさいがボウルの中で踊っている。

「でも、なんでお兄ちゃんはわたしが危険な目にあってるってわかったの？」

「当たり前のことだ。俺は」

待って、と樹花は手のひらを向けて天道を制した。

「天の道を往き総てを司る男だ。でしょ?」

天を指さし、天道の真似をする樹花。

「正解。俺には全部お見通しってことだ。樹花と中村がどうなったのかもな」

「えっ」

樹花はあからさまに体を硬直させる。

「ど、どうにもなってないもん。全部お見通しならやましいことはないってわかるでしょ? ……どこまで知ってるの? 話したことまで知ってるの?」

「さあ。どうだろうな」

樹花の質問攻めを受け流して、天道は鍋の中の吸い物を小皿に取った。

鱧の骨でとった出汁《だし》がよく効いている。

満足しうなずくその横で樹花はそわそわ動きまわりながら、自分は中村など好きでないことを主張している。

一方リビングテーブルについた三人は長らく沈黙を貫いていた。

士は観葉植物のまだら模様とにらみあっている。

士は自分の心の闇を目の当たりにし、ショックを受けていた。

「仲の良い兄妹ですね。天道さんって最初に会ったときはもっと刺々《とげとげ》しい感じの人かと思いました」

夏海が沈黙を破る。

少しでも士の気をまぎらわせようとしているのがわかる言い方だった。

「お魚料理みたいですけど、なにが出てくるんでしょう。ビストロラサールでは鮎の塩焼きって話してましたっけ。お二人とも若いのに渋いですよねえ。士くんはお魚好きですか？」

士は上《うわ》の空《そら》な返事をする。

代わって海東が言った。

「僕らの分が出てくるわけないと思うけど。ただでさえ他人の家に匿ってもらってる身なんだからさ」

夏海は恥ずかしくなってすみませんと零した。

士だけでなく海東も気が立っている様子だった。

指でテーブルをトントン叩き続けている。

「なにがあったにしろ、士くんは士くんです。これまで士くんがたくさんの世界を救ってきたことに変わりはありません。だからそんなに落ちこまないでください」

夏海はおそるおそる核心を突いた。

しかし士の反応はやはり肯定的なものではなかった。

「変わらないもなにも、元から俺はさっきのワームが言ったとおりの人間なんだ。俺はずっと俺を取り囲む世界を疎んで生きてきた、ただの弱虫なんだ」

「そう。ディケイドとして戦う格好いい士はまやかしだったのさ」

海東が意地悪くつけ加える。

「違います。さっきのはただのワームじゃないですか。ワームと自分、どっちが本物かなんて考える必要もありません。まして士くんがそんなことに惑わされるなんて有り得ません」

樹花が重そうにお盆を持ってきた。

お盆の上には人数分の鮎の塩焼きと白米が乗っていた。

それを並べて樹花は席についた。

あとから天道がじゅんさいの吸い物と数点の副菜を配った。

「みっともない仲間割れごっこは食べ終わってからにしろ。飯がまずくなる」

天道と樹花はいただきますと言って食べはじめた。

「しっぽとヒレの塩は取ってから食べるんだぞ」

「わかってるよ。ああ、やっぱり鮎は塩焼きが一番だなあ」

しっぽとヒレの化粧塩を取って樹花は鮎を頬張る。

熱そうに口をはふはふとやる。

「食べなよ。お兄ちゃんの料理は最高なんだよ」

箸をつけずにいる士らに樹花は笑いかけた。

その無邪気さが士をさらに惨めな気分にさせる。

「俺は世界の破滅を望んでいるらしい。これを持っているのは危険だ」

士はディケイドライバーを海東に差しだした。

「俺はもう要らない。おまえが持ってくれ」

海東はディケイドライバーには目もくれず、テーブルを叩く指に力をこめる。

彼の苛立ちを凝縮したような音がする。

「どうして僕を助けたんだい」

「は？」

「ゼクトのアジトで僕を助けたよね。大嫌いなんだよそういうの。僕は君を殺したいと思っていたし、君もそれを知っていた。クウガの世界であのグロンギにディケイドを倒すよう指示もしたよ。なのになぜ助けた。口ではなんだかんだ言いながら結局は敵まで助けちゃうのが格好いいとでも思っているのかい。君の自己陶酔《じことうすい》に僕を巻きこまないでくれたまえ。僕が君のナルシシズムを構成するもののひとつになったかと思うと吐き気がする」

激しい海東の剣幕に場が静まり返る。

天道の箸の音だけが目立つ。

「海東を助けた理由なんか俺にもわからない。体が勝手に動いただけだ」

ふと箸の音が止まった。そして黙っていた天道が口を開いた。

「それはおまえが強いからだろう」

士はその言葉の意図をつかめず、天道のほうを向いた。

天道は大型動物に似た穏やかな目で士を捉えていた。

「おばあちゃんが言っていた。人は傘と同じ。脆《もろ》い紙製じゃ自分の身さえ守れないが、強く大きな傘ならば知らず知らずのうちに他人まで守ってしまう」

天道はそれだけ言ってじゅんさいの椀に口をつけた。

「そうです。士くんはだれより強いんです。あのワームより、思いだした本当の士くんより。だから士くんはいなくなったりしません」

夏海が士の背をさすって優しくささやいた。

「わかったらさっさと食え。俺の料理を冷ましたら追いだすぞ」

士は鮎の皮を箸で破いて白い身を口に運んだ。旨かった。


天道の家から程近い路地裏で、二人の士がにらみあっている。

それを天道と海東、夏海が見守っている。

ワームは擬態した人間を最初のターゲットとする。

士を追ってくるのは予想されたことだった。

「俺とひとつになる決心はついたか。偽物の俺は本物の俺に取りこまれる。本来の姿に戻ろう」

ワームが士と変わらぬ顔で言った。

室外機からぬるい風が吹く。

「ああ。決心はついた」

士の返答にワームは口端《こうたん》を上げる。

「過去の俺を断ちきる決心がな」

言うが早いか、士はディケイドライバーを腰に当てた。

マゼンタ色の装甲に覆われ、ディケイドが降り立つ。

「俺には仲間がいる。仲間を守るために俺は強くあり続ける。たとえおまえを捨てることになっても」

「それは本心ではない。俺は仲間なんて幻想を信じない。そいつらの期待に背くのが怖くて言わされているだけだ」

「本心さ」

士はライドブッカーの剣を手にした。

まだ士の形をしているワームにすばやく切りかかる。

それを避け、ワームはようやく正体をあらわした。

黒と白がストライプ状に入った体に、長い触角を持ったワームはすでに脱皮し、成体となっていた。

「これを使え」

天道が一枚のカードを士に放った。

それはクロックアップ能力、成体ワームと同等のスピードで動ける力のカードだった。

天道はカブトに変身し、士はそのカードを使用する。

たちまち世界は動きを止める。

士たちの時が人間の何千倍ものスピードで流れていく。

「俺だけで充分なところだが、少しは見せ場を分けてやるか」

士がいつもの調子を取り戻して話しかける。

「うかうかしてると俺が一撃で終わらせるぞ」

天道にそう言われ士はクウガのカードをディケイドライバーに挿入した。

赤のマイティフォームとなり、怒濤《どとう》の攻めを展開する。

ワームは腕で攻撃を受け止め、身を翻して避けるが徐々に後退していく。

やがて積み上げがった段ボールに躓《つまず》いて尻をついた。

すかさず天道がライダーキックをくらわす。

轟音《ごうおん》と砂埃《すなぼこり》が舞う。
視界を遮る砂埃の中から、ワームは猛スピードで飛びだし士の腹を殴った。
士は腹を殴ったその手をつかみ、膝でワームを蹴《け》り上げる。
弱ったワームは濁った声をあげた。
「ちょっとくすぐったいぞ」
ファイナルフォームライドのカードを挿入し、天道の背に手を当てる。
天道の体は空中に浮き、カブトムシの形を模した兵器ゼクターカブトへ変形した。
ゼクターカブトは硬い羽をうならせワームに突撃する。
衝撃で空中へ浮いたワームが落ちてきたところに、士が蹴りを入れる。
陰の士、もといワームは絶命し緑色の炎が燃えた。
「おまえの苦しみは無駄にしない」
士はその炎を見つめてつぶやいた。
変身を解く。
時間の流れが元に戻った。
「よかったあ」
状況を把握した夏海が涙を浮かべる。
それを見て士は改めて自分の選択が正しかったと思い知る。

この選択をしたおかげで、これからも夏海を守ることができる。

「ナツミカン」

士が口を開くと、炎のむこう側が黒く不透明になった。

黒いベールは風に揺られて波打っている。

そこから出てきたのは鳴滝だった。

鳴滝の顔はかつてないほどに怒りで歪み狂気に彩られていた。

「おのれディケイド」

低い声が空気を震わせる。

「とうとう九つの世界を廻ったな。貴様のせいで世界は呪われた」

敵意を剝きだしにした鳴滝の目が血走っている。

鳴滝は緑の炎を踏みにじって消した。

「しかしそれはこちらも同じ。元の世界で決着をつけよう。海東君、カードを渡しなさい」

鳴滝は世界を新しく創り変えるために、仮面ライダーの力が凝縮されたライダーカードを必要としていた。

そのライダーカードが海東から鳴滝へ手渡される。

「鳴滝さん。僕たちで正しい世界を創りあげましょう」

海東はそう言い残し、黒いベールの中へ消えた。

「ディケイド、すぐに決着をつけよう」

鳴滝は士に近づいた。そして腕を伸ばす。

士は身構えた。

しかし鳴滝がつかんだのは士の後ろの夏海の手だった。

「やだっ」

夏海が叫ぶ。

まずいと直感した士が再びディケイドライバーを装着しようとしたとき、すでに鳴滝と夏海の足は闇に沈んでいた。

闇は一瞬にして二人を覆い尽くし、消えた。

「ナツミカン！」

士の声が虚しく響いた。

下駄を鳴らして天道が士の横へ来た。

「さっさと追うんだ。もうおまえに絶望は許されない」

鳴滝があらわれたところにはまだ黒いベールがゆらめいていた。

それもだんだん薄くなりつつある。

士はうなずいた。

「こんな言葉は言われる側でしかないと思っていたが……ありがとう」

天道は鼻で笑った。

「言われすぎて飽きた言葉だ」

黒いベールへ片足を入れる。

冷ややかな感覚にぞくぞくと肌が粟立つ。

士は覚悟を決めてその中に飛びこんだ。

士の世界

黒いベールの先にたどりついた世界は異様な静けさに満ちていた。
どこへ行っても人影ひとつない。
家々の窓にはシャッターが下りている。
この世界の住人はその中でひっそりと息を殺しているようだった。
代わりに街を闊歩《かっぽ》しているのは怪人だ。
それもひとつの種族ではない。
イマジン、グロンギ、ワーム。
ほかにも士が九つの世界を旅して戦ったすべての怪人がごった返している。
士は怪人から身を隠しつつ、この世界の状況を把握するためのヒントを探す。
角を曲がろうとしたところで、士はなにかにぶつかった。
「ひいいっ」
相手は腰を抜かして尻餅をつく。
サラリーマン風の男だった。
男は士を見ると恐怖に引きつった表情を消した。
「よかった。怪人かと思ったよ」
男は尻を叩いて立ちあがる。
「この世界になにがあった。どうしてだれもいない」

「どうしてって、知らないはずないだろ。急にあらわれた大量の怪人が人を虐殺してまわってる。もう数えきれないほどの犠牲者がでた。世界の崩壊がはじまったんだとみんな言ってるよ。怪人を恐れて家から出る人はいない。僕はどうしても外せない用事があって仕方なく外へ出てしまったけど」

しゃべりながらも男はつねにあたりを見回し警戒を怠らない。

「なぜ怪人がいきなり出現したんだ」

「そんなこと、僕が知るはずないでしょう」

問われると男は不快をあらわにした。

「とにかく君も早く家へ帰りなさい」

そう警告して男は鞄を盾のように持って去っていった。

士は男の背を見送りながら、この世界に見覚えがあることを知った。

通学路であることを示す看板に古い団地の壁。

ここは士の世界。

士が産まれ生きてきた世界だった。

おそらくこれは鳴滝の仕業だ。

士は光写真館へ向け駆けだした。

光写真館に一歩足を踏み入れると、士は強烈な視線を感じた。目玉が二つ背中にくっついているような気さえして思わず振り返る。

重い扉を開け、廊下を抜ける。

物が散乱したスタジオの中に、赤いソファーがある。

その埃にまみれたソファーの上で、夏海は横になっていた。

「ナツミカン」

士は夏海の体を揺さぶる。夏海は小さくうめいて目を開けた。

「けがはないか」

夏海はぼんやりとした目で瞬きをくり返したあと、士に応えた。

「怖い夢を見ていました。わたしと士くんが別世界を廻るうちに、なぜか怪人になってしまうんです。わたしと士くんの腕が硬い怪人の腕になって、そこからどんどん侵食されていって……これまで士くんが倒してきた怪人の仲間になってしまうんです」

夏海はいつもとは異なる淡々とした口調で言った。

「でも、士くんが起こしてくれたからもう大丈夫です」

夏海は弱々しく微笑む。

背後で物音がする。士が振り返ると、そこには鳴滝が佇《たたず》んでいた。

「やはり来たな、ディケイド」

鳴滝は憎悪に口端を歪め、目を見開いている。恐ろしい形相の鳴滝を士は真っ向からにらみつける。

「おまえの目的はなんだ。いいかげんに答えてもらう」

士はライドブッカーに手をかけ、力ずくでも口を割らせてやるという姿勢を見せる。

しかし鳴滝はそれを手で制し、言った。

「私の目的はただひとつ。正しい世界の創造だ」

その真意を計るように士は鳴滝の表情をじっと窺《うかが》う。

沈黙に促され、鳴滝は以下の事柄を語りはじめた。

この世には無数の可能性がある。

その可能性の数だけパラレルワールドが存在しているのは、ディケイドとして世界を旅する貴様もよくわかっているだろう。

あまたのパラレルワールドのうち、この光写真館だけはかならずどの世界にも在り、各世界をつなぐ架け橋となっている。

だから光写真館を通し別世界へ行ける。

おそらく光写真館にはだれでもたどりつけるのではない。

自分の住む世界を憎み、そこから逃げたいと思う者だけが光写真館へ吸い寄せられる。

そして光写真館からパラレルワールドへ逃避することができるのだ。

ディケイド、君が偶然光写真館へ行き着いたように、私もまたパラレルワールドの中の違う世界で光写真館にたどりついた。

自分の世界に絶望していた私は理想郷を求め、別世界を旅した。

さまざまな世界を巡り巡っているうちに、私はいつしか元いた自分の世界を忘れてしまった。

あたかも変装を重ねるうちに自分の姿を忘れてしまった怪人二十面相のように、私は私の世界を忘れてしまったのだ。

自分の世界を忘れた者は実体をなくしてしまう。

実体をなくした人間とはすなわち、怪人だ。

醜い怪人となり、私は人間の生命エネルギーを吸うことでしか生きられなくなってしまった。

それが吸血鬼事件と呼ばれるようになるまで時間はかからなかった。

吸血鬼事件の遺体がミイラ化するのは、私が生命エネルギーを吸い尽くしたためだ。

しかし人間の生命エネルギーなど微々たるもの。

私は飢餓感に苛まれた。

私はごく限られた世界にのみ存在する仮面ライダーという希少種のエネルギーに目をつけた。

ディケイドとディエンドは世界を巡り、各世界の仮面ライダーの能力をライダーカードの中に収め、それを用いて戦う。

そのライダーカードは仮面ライダーの能力そのものであり、エネルギーの結晶だ。

自分の世界を憎むディエンドに近づき、ライダーカードを私に代わって集めてくれと頼んだ。

すべてのライダーカードを吸収すれば、私はそのすさまじいエネルギーにより神に近い者となる。

そうなれば私が求め続け、ついに見つけられなかった理想郷を自らの手で創造することも可能になるだろう。

無数のパラレルワールドをすべて破壊し、無から新たに正しい世界を創る。

海東君は私の思想に賛同し協力してくれたよ。

しかしディケイド、貴様は邪魔だ。

貴様は我々と同じく自らの世界に絶望した者として光写真館にたどりつき、別世界を旅する身でありながら、行く先々の世界を救っている。

私や海東君とは異質な人間だ。

貴様は結局、いまの世界を憎みきれていない。

ディケイドの力を世のために使う貴様が、私の計画に賛同するはずがない。

貴様はきっと私の計画にとって脅威になるとわかっていた。

あらゆる世界は間違いだらけだ。

それを壊し、正しい世界を創造する。

正しい世界の創造を邪魔する貴様こそ、真の破壊者、悪魔なのだ。

私こそが正義。貴様は世界の間違いを正そうとしない悪魔だ。

鳴滝の話を聞き終えて、士は背筋に冷たいものが伝うのを感じた。

自分の世界を疎み理想郷を求めて世界を渡る旅人。鳴滝と士はまったく同じ境遇だった。

なにも知らないまま旅を続けていれば士も自分の世界を忘れ怪人となっていたかもしれない。

そうなれば、いまの鳴滝の狂気の沙汰としか思えない台詞を言ったのは士だったかもしれない。

事実、カブトの世界で会った陰の士は世界を壊してやりたいと言っていた。

士に擬態し、士と同じ記憶を持つワームは士の心の闇そのものだった。

士はやはり、鳴滝と通じる性質を持っていたのだった。

しかし鳴滝の話を聞いて士が抱いたのは強い反発心だった。

いつの間にか士には、世界の中に守るべきものが数多くできていた。

夏海、ともに戦ったライダー、さまざまな世界で触れあった人たち。

それらを丸ごと否定し、葬り去ろうという鳴滝の考えに士は賛同することはできなかった。

「おまえの創る世界なんか気味が悪くて虫唾《むしず》が走る。おまえは思いどおりにことが進まないとすぐに物事を放棄して泣く子どもと同じだ。そんなやつの理想郷なんか、どこに行ったってあるはずがない」

それはかつての士自身にも向けられた言葉だった。

自分も鳴滝と同じく現実から目を逸らし別世界に逃げていたからこそ、士はよけいに強く鳴滝に対し反発心を抱いたのだった。

「やはり貴様は私の邪魔をするか」

鳴滝はあきらめたようにつぶやく。

「海東君、ディケイドを殺しなさい」

いつの間にかスタジオの入り口に寄りかかっていた海東へ、鳴滝は声をかける。

海東は士をじっと見つめる。

その目の中に葛藤の色がにじんでいる。

しばらく経ってから海東は答えを出した。

「士にはカブトの世界で助けられたね。僕は君の命を狙っていたのに君は僕を助けた。苛立たしいけど、僕はあれからこの世界にも希望はあるんじゃないかと思いはじめた。だからもう僕に士は殺せない」

それを聞くと鳴滝は音もなく足を動かし、海東の隣へ来た。

「すみません、鳴滝さん」

海東が言い終わらないうちに鳴滝は怪人の姿へ変わった。

大きく割けた口を開け、海東の首筋へかみつく。

「あ――」

海東は見る間に生命エネルギーを吸い取られ、一瞬にして老化していく。

その手が宙を掻《か》く。

士と目を合わせたまま、海東は体中の水分を奪われたミイラと化し床に倒れた。

「ライダーカードを集め終えたいま、これは用なしだ」

醜い怪人の口から鳴滝の声がする。

「海東！」

士が抱き起こすと、異様に軽くなった海東の変わり果てた体の一部が崩れた。

「酷《ひど》い」

夏海が顔を覆う。

「私が許せないなら私を倒してみろ」

鳴滝は部屋の窓から外へ出た。

士は海東の体を床に下ろし、立ちあがる。

「俺はこいつが嫌いだった」

埃くさい写真館の空気に、海東のミイラ化した死体から異臭が混じる。

海東の体から、なにかが落ちた。

拾いあげてみると、それはディエンドの絵が描かれたカードだった。

「嫌いなやつが一人死んだだけでこんな気持ちになるんだ。俺はこの世界で失いたくないものが、きっとたくさんある。ナツミカン、いっしょに戦ってくれるか」

「いっしょに戦う……」

夏海は士の言葉を繰り返した。

「士くんといっしょに戦って世界を救うことができたら、わたしも生きる価値のある人になれるでしょうか」

夏海の真意をはかりかねて士は口を閉ざした。夏海はひとり決意を固めた様子で力強く頷いた。

「行きましょう士くん。士くんは自分の生きるべき世界を見つけたんですから」

二人は少しの間見つめあい、鳴滝を追って窓から外へ出た。


対峙《たいじ》しただけで士は力の差を見せつけられたようだった。

すでに海東から得た九枚のライダーカードを吸収している鳴滝は、放つオーラだけで二人を圧倒する。

「むやみに近づくのは危険です。遠距離攻撃で戦いましょう」

「ああ」

士は変身し、海東の体から落ちたディエンドのカードをディケイドライバーに挿入した。

士の体を覆うマゼンタが青に変わり、ディエンドの能力を手に入れる。

銃の形をした武器で鳴滝に狙いを定める。

鳴滝は撃たせまいと攻撃をしかけ、口から光線を吐きだし士を襲う。

光線が当たった近隣の建物は一撃で崩壊していく。

士は高くジャンプして光線を避け、銃の引き金を引いた。

轟音とともに放たれた弾が鳴滝を直撃した。

士は地面に降り立ち、砂煙の中に敵の姿を探す。

赤黒い怪人はまだそこに立っていた。

攻撃を受けた位置から一歩も動かず、無傷だった。

それを確認すると同時に光線が放たれた。

砂煙で悪くなった視界に一瞬反応が遅れ、士の肩を射抜いた。痛みに膝をつく。

「士くん！」

駆け寄ろうとする夏海を手で制す。

「大丈夫だ。ナツミカンの笑いのツボのほうがよっぽど悪質だ」

士は冗談を言う余裕を見せつけ立ちあがる。

飛び道具ではろくにダメージを与えられそうにないことを知った士は本来のディケイド

の姿に戻り、ライドブッカーを剣に変えた。

その剣で鳴滝に斬りかかる。

武器を持たない鳴滝は生身の腕で剣を受けるが、硬い殻と刺で覆われた鳴滝の腕は傷ひとつつかない。

いかなるカードを使用しても鳴滝に致命傷を負わせるのは不可能であることが、剣を振るうたび明確になっていく。

鳴滝の太い腕と士の剣が真っ向からぶつかりあう。

押し負けた士は吹っ飛ばされ、地面に叩きつけられる。

鳴滝は天に向かって吠えた。

その、人間にはけっして真似できない恐ろしい咆哮は空気をビリビリと震わせて空中に幾筋もの光線を作りだした。

光線はゆっくりとひとつに集まり、光の球となった。

いままでの光線とは比較にならない大きさのものだった。

チリチリ高音を鳴らした光球は、鳴滝が右手を上げると弾けた。

次に物が見えたとき、あたり一面が更地に変わっていた。

光写真館も、隣接するアパートもなにもかも消え失せていた。

あるのはいやに広くなった空と、むきだしの地面だけだった。

士は啞然としてその光景を眺めた。

世界の終末の光景だった。

少ししてから思いだしたように全身を耐えがたい痛みが襲った。

見れば変身も解けている。

体が異常に熱く、息ができない。

士は倒れた。鳴滝が近づいてくる。

そこへ夏海が士の前に立ち塞がった。

「やめて。あなたはかわいそうです」

この状況でかわいそうと形容されたことを理解できないのか、鳴滝は黙って足を止める。

「あなたの考えは正直に言って、わからなくもありません。それはたぶん、士くんも同じだと思います。ううん、だれだってこんな世界滅んでしまえばいいって思ったことがあると思います」

「いまさら寝返って自分だけ助かろうというつもりか？」

夏海は首を横に振って鳴滝の言葉を否定する。

「違います。わたしが言いたいのは、あなたも被害者なんだってことです。みんな世界からもたらされる不幸に縛られた被害者なんです。でも多くは人の助けによってそれを乗り越えられます。でもあなたは、だれにも助けてもらえなかった」

「わかったような口を叩くな。もう私はこうするほかないのだ」

鳴滝はいまにも夏海を張り倒しそうな、怒気の籠った声で言う。

「……わたしはあなたを助けたい。だってわたしも士くんもあなたも、同じなんですから。あの写真館にたどりついて、世界を巡る旅人。だからあなたの気持ちもわかるし、あなたにこれ以上罪を犯してほしくないんです」

夏海が言い終わらないうちに、鳴滝は彼女を突き飛ばした。

夏海は地面に倒れる。

「ナツミカン！」

士はよろめきながら立ちあがり、夏海に近寄る。夏海はすぐに起き上がった。

「お節介もここまでくると表彰ものだな」

夏海の無事を確認し、士はかすかに微笑んだ。

夏海はもう一度鳴滝に目をやる。

これ以上話しても解決は望めないことは明らかだった。

夏海は一枚のカードを背後の士に差しだした。

「士くん、これを使ってください。九つの世界を旅したら、わたしの前に現れたんです」

カードにはこれまで出会った九つの世界のライダーすべての顔が描かれていた。

士は力を振り絞り変身した。

ディケイドライバーにそのカードを挿入する。

七色の光があたりを覆う。

カードは九人の仮面ライダー全員を召喚した。

赤や青の光沢のあるボディが輝く。

各世界のライダーがずらりと一堂に会し、士を取り囲むさまは壮観だ。

九人の戦士を前に、鳴滝はさすがに狼狽《ろうばい》した。

「馬鹿な。あくまでこの世界は私に敵対するというのか」

鳴滝は怒りと憎悪の籠った目で、ライダーたちをにらみつける。

「俺、参上！　なんだあ？　このガンつけてきやがる野郎はよお」

ひときわ大きい電王の声が目立つ。

隣のクウガは親指を立てて言った。

「困ったときはお互いさま。門矢さんが救った世界のライダーは、いつでも門矢さんの世界を救うよ」

九人のライダーは鳴滝めがけて、いっせいに攻撃を開始した。

それぞれの必殺技の名をベルトが発音する。

一度に九つの必殺技が発動され、すさまじい熱風が吹き荒れた。

鳴滝はその熱風の中心で受けるダメージを最小限に留め、攻撃から身を守った。

しかし士の攻撃を受け流していた先ほどまでとは明らかに様子が違う。

防御しきれなかった攻撃は確実にダメージを与えていた。

鳴滝は苦しげにうめく。

攻撃を終えたライダーはカードとなり、士の胸にその顔を並べた。

ファイナルカメンライドディケイド。

ディケイドの完全なるフォームだった。

士は一枚一枚カードが自らの胸に収まるごとに、体が活性化するのを感じた。

傷の痛みも疲労も消え、かつてないパワーがみなぎっていく。

九つの力が自分に集約されるのを悟る。

九つのライダーの力を宿した士は止めの一蹴りを鳴滝に放った。

鳴滝は激しい衝撃に身を砕かれた。

赤黒い体が千々に散り、中から人間の姿をした鳴滝があらわれる。

夏海は彼の手を握った。

鳴滝はなにか言おうと口を開いたが、言葉がうまくでてこないらしく夏海にかなしげな視線を注いでいる。

「もういいの。もう大丈夫だよ」

そう言われて鳴滝はようやく安堵のため息を吐いた。

そのまま静かに瞼を下ろした。
変身を解いた士は夏海の隣にたち、安らかな死に顔を見た。

エピローグ

穏やかな日差しに、士は眠気を呼び寄せられた。

ソファーに寝転がる。

涼しい風が網戸から流れてくる。

草の匂いがする。

空高い九月の秋晴れだった。

あれから一ヵ月。酷暑とともに士の旅は終わった。

鳴滝を倒すとこの世界にはびこっていた怪物も消滅し、世界の異常は取り消された。

士はある写真スタジオの撮影助手として最近働きはじめた。

今日は五日ぶりの休みだ。

「もうお昼ですよ。いいかげんにしゃきっとしたらどうですか」

夏海が士の顔を覗きこむ。

「毎日客の無茶な注文を叶えるんで疲れるんだ。もっとよく撮ってください、なんて言われても元が子豚なら写真も子豚にしか写らないのに」

「ふふっ。でも夢が見つかってよかったですね」

士はいつか自分の写真館を持つことが夢となっていた。

ソファーから体を起こし、テーブルの上のポラロイドカメラを取る。

夏海にカメラを向け、シャッターを切った。

白い縁に囲まれた四角い黒がだんだんと薄れ、画像が浮かび上がってくる。

夏海のふいを突かれた、間の抜けた顔だ。

別世界で撮る写真のような歪みはない。

士も鳴滝と同じように、この世界よりももっと生きやすい、理想郷を求めて別世界を旅してきた。

しかし結局、士を受け入れる世界はこの門矢士の世界しか有り得なかった。

歪みのない写真を見て、士はそう確信する。

「あっ、勝手に撮らないでくださいよ。もっといい顔できるんですから」

不平を漏らす夏海に士は無理無理と手を振る。

「言っただろ。子豚は子豚、ナツミカンはナツミカンにしか写らない」

「子豚と並べないでください」

もう、とあきれたように眉尻を下げたが、夏海はすぐに機嫌を直して言った。

「そうだ、いつもがんばってる士くんを労《ねぎら》って今晩は久しぶりにわたしが料理します」

「頼むからやめてくれ」

夏海は鳴滝の死と同時に吸血鬼事件が閉幕すると、ほとんど料理を作らなくなっていた。

元気を装っているものの、急に気落ちしてしまったようで何事に対しても以前より消極的になった。

ぼうっと宙を眺めている時間が多い。

一種のバーンアウト症候群だろうか。

夏海は吸血鬼事件を解決へ導くことに熱心になっていた。

一般人が情報を集めたり、新聞記事を見直したところで事件を解決できるはずもない。

それでも夏海が事件の調査を止めなかったのは、吸血鬼事件を解決するという使命感に依存していたためだ。

お節介焼きな性格は困っている人を助けることで、自分の存在意義を確かめるためだったのではないか。

士は考える。

吸血鬼事件の記事を集めに図書館へ行ったあの日、士は夏海の死亡記事を見つけた。

鳴滝によれば、可能性の数だけパラレルワールドが存在し、光写真館へ導かれた者がパラレルワールドを旅することができる。

光写真館へは自らの世界から逃げだしたいと思う人間が導かれる。

夏海はここ、門矢士の世界ではもう死んでいるのだ。図書館で見つけた新聞記事のとおり、自殺して死んだのだ。

いま士の前にいるのはパラレルワールドの中のどこかの世界に生まれついた夏海だ。

どこかの世界で夏海は自己否定のあまり別世界へ逃げたいと願い、光写真館へたどりついた。

そして士と出会い、ともに世界を巡る旅をした。

人を助けるという手段で、自己肯定の快楽に浸りながら。

吸血鬼事件を解決しようという行為は、夏海にとって大きな精神的支柱だったに違いない。

だから吸血鬼事件が終結してしまい、夏海は生きがいを失ったような気持ちでいるのだろう。

ひょっとすると夏海は自分なりの目的を持って旅をしていたのかもしれない。それが世界の破壊だったのか、理想郷との出会いだったのかは分からない。

ずっとディケイドである士と共に旅をしてきた夏海は、九つの世界を巡り終えた時ライダーカードという形で願いを叶えるだけの力を手に入れた。そのライダーカードが、鳴滝と戦った際に九人の仮面ライダーを呼び出したカードだ。あのカードは士の持つどんなカードよりも強い力を秘めていた。

あの力を鳴滝に渡せば世界は破滅し新しく生まれ変わっていただろう。しかし夏海はそうしなかった。士に力を託しいまの世界を受け入れることに決めた。

「でも、やっぱり士くんは写真の才能あったんですね。あっさり採用されちゃうんですもん」

夏海が羨ましげな口調で言う。

「ナツミカンは……」

ナツミカンはこれからどうするんだ。

そう言いかけて士は口を噤《つぐ》んだ。

世界を彷徨《さまよ》い続け、元の自分の世界を忘れれば実体を失い、怪人となり果ててしまう。

鳴滝と同じように。

士は夏海が心配だった。

ここは士にとっては本来の自分の世界でも、夏海にとっては数ある別世界のうちのひとつにすぎない。

長くここに留まるのは危険だ。

しかし夏海が元の世界に帰り、もう会えなくなってしまうというのも寂しく、今日まで現状維持で来てしまった。

「ナツミカンはたしかに料理下手だし、押しつけがましいところがあるし、頭も切れるほうじゃない」

「なんですか、いきなり悪口ですか？」

「黙って聞け。欠点があるのはみな同じ、当然のことだ。自分を責めなくていい。ナツミカンはいいやつだ。どんな理由があるにしろ、他人のために動くには才能がいる。ナツミカンにはその才能がある。誇れる才能だ」

夏海は士に言われると、驚きの表情を見せた。それからあわてて顔を伏せ、手で目のあたりをぬぐった。

「変な士くん。キザなこと言っちゃって」

夏海が震える声で言うと、しばらく沈黙が流れた。

それを打ちきって、夏海は立ちあがった。

「今日はオムレツにしましょっか。卵がないから買ってきますね。わたしが料理下手じゃないことを証明して見せますから」

夏海の顔は憑《つ》き物が落ちたように晴れやかだ。

てきぱきと出かける準備をし、そのまま出ていこうとする夏海を士はあわてて止める。

「待て」

玄関へ向かう夏海の前に立ちはだかったものの、士は二の句が継げなかった。なにを言おうとしているのか、自分でもよくわからない。

夏海は不思議そうに士を見上げる。

「……気をつけて行ってこい」

結局ありふれた言葉でごまかし、士は夏海の前から退いた。

「はい！　気をつけて行ってきますね」

夏海は鞄を持ち、靴を履いた。見送りに来た士にもう一度、

「じゃあ、行ってきます」

と言った。

士は夏海が玄関扉を開き、光に満ちた外の世界へ出ていくのを見送った。

夏海はそれきり戻ってこなかった。

完

原作
石ノ森章太郎

著者
鐘弘亜樹

監修
井上敏樹

協力
金子博亘

デザイン
出口竜也
（有限会社 竜プロ）

講談社キャラクター文庫 010

小説《しょうせつ》 仮面《かめん》ライダーディケイド

門矢士《かどやつかさ》の世界《せかい》 ～レンズの中《なか》の箱庭《はこにわ》～

2013年4月12日　第1刷発行
2025年1月10日　第10刷発行

著者	鐘弘亜樹《かねひろあき》　©Aki Kanehiro
監修	井上敏樹《いのうえとしき》
原作	石ノ森章太郎《いしのもりしょうたろう》　©2009 石森プロ・テレビ朝日・ADK・東映
発行者	安永尚人
発行所	株式会社　講談社
	112-8001　東京都文京区音羽 2-12-21
電話	出版（03）5395-3491　販売（03）5395-3625
	業務（03）5395-3603
デザイン	有限会社　竜プロ
協力	金子博亘
本文データ制作	株式会社ＫＰＳプロダクツ
印刷	大日本印刷株式会社
製本	大日本印刷株式会社

KODANSHA

ISBN 978-4-06-314860-2 N.D.C.913 254p 15cm
定価はカバーに表示してあります。Printed in Japan